川柳公論叢書　第４輯
③

川柳の楽しみ

新葉館出版

川柳のたのしみ

はじめに

尾藤川柳

初代川柳生誕３００年の記念すべき年を迎えて、川柳公論社で記念出版をすることになりました。

その大切な歳にもかかわらず、現役の社会人は、目先の繁忙に取り紛れてしまい、なかなか川柳と対峙する静かな時間が得られません。恥ずかしながら、在庫が無くなってしまった旧著に手を入れ、形ばかり新しくして一冊を加えます。

さて、私は、尾藤三柳という師のもとで〈創作〉の川柳から入門しました。作者の目を通じ社会を描き、作者自身をモチーフとする川柳です。おのずから川柳は、詩や小説、絵画や音楽のように、作者自身を表現する手段としての存在となりました。

ある程度川柳が解かってくると、〈句会〉という競争の場で自分を試したくなりました。ここでは、〈選者〉という絶対の裁断者がいて、句の良し悪し、入選と非入選の線引きを行ないます。私のように、作者自身を作句の契機とする方法論しかもっていなかった者にとっては、句会はなかなか「抜けない」という苦難がありましたが、ここで出逢った先輩柳人や仲間は、川柳をさらに広く知る上でも、また社会人として成長するにも大きなものを与えてくれました。

川柳260年余の歴史は、多くの柳人と作品を輩出するとともに、それぞれの時代を背負ってきました。川柳を知ることは、その時代に目を向けることでもあり、また、古川柳は、神代から古今の風俗まであらゆる人間との関わりを句にしてきました。これら古い川柳を識ることは、何よりの知識的満足を得る楽しみであり、単に川柳という狭い領域を超えて世界と繋がります。

長く川柳に接していますと、先達柳人が残した多くの書物、染筆、写真、雅印などの文物に出遭う機会も多くなります。それらは、そのまま川柳文化の深さ、広さを教えます。さらに、川柳の楽しみを社会へ普及する活動としての川柳も生れてまいりました。

この小著では、川柳の入門にあたって、川柳の基礎から歴史、川柳の作り方ほか、さまざまな角度から文化的に川柳を楽しむためのヒントをまとめてみました。

それぞれの読者は、多くの入り口を持つ川柳という多面体の極一部でも興味をもっていただければ、その糸に引かれて、川柳文化のさらに奥深い楽しみへと誘われることでしょう。

ひとりでも多くの方に川柳の面白さが伝わることを願っています。

二〇一八年三月吉日

あらたまった櫻木庵にて

はじめての川柳

第1章 川柳の楽しみ

川柳のたのしみとは

川柳《せんりゅう》の歴史は、およそ二五〇年*です。これは、俳句（発句《ほっく》）の五〇〇年、短歌の一〇〇〇年に比べれば、まだまだ若い文芸ですが、庶民の感情、意識を代弁し、多くの共感をもって人々に親しまれてまいりました。たとえば、

孝くのしたい時分におや八なし　『誹風柳多留』22篇23丁

などという句は、これが、〈川柳〉であったかどうか別にして、「孝行をしたい時分に親は無し」（『成語大辞苑』主婦と生活社）という「ことわざ」として広く知られています。知らず知らずに、川柳は人間社会の中で、生きたコトバとして伝わってまいりました。

＊ 宝暦7年8月25日に初めて柄井川柳《からいせんりゅう》（P21「柳祖」参照）という前句附点者（P26参照）によって開巻（発表）された作品が、いわゆる〈川柳〉の最初の句になりました。
宝暦7年は、西暦1757年にあたり、今からおよそ250年前のことです。

こういった過去の名句を読むのは、当時の風俗や社会背景を知る知的興味にもつながりますが、日本文化における先人の《心》を識る手掛かりでもあり、この中から、人生において考えさせられる多くの示唆を見いだすこともできます。

さて、今日では〈サラリーマン川柳*〉やメディアで紹介される公募川柳等が盛んで、川柳も社会によく知られた存在となっています。

まだ寝てる帰ってみればもう寝てる　　遠くの我家

『平成サラリーマン川柳傑作選』二匹目

この句は、ペンネームが「遠くの我家」と句を補足するような付け方になっており、発表当時から〈サラ川〉に批判的な既成柳人の批判の的にもなりました。しかし、十七音《じゅうしちおん》だけでじっくり鑑賞すると、「まだ」と「もう」だけの対比による描写で、背景や人間関係までが見えてくる深い作品であることが判ります。全国人

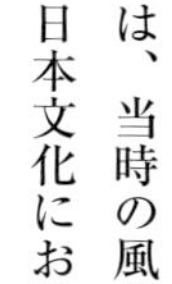

＊ サラリーマン川柳は、第一生命が主催で１９８７年に第１回の募集が行なわれた公募川柳です。平成元年の第４回から『平成サラリーマン川柳傑作選』として書籍化、ベストセラーにもなり大ブレークしました。平成22年までに20冊が刊行され、川柳の社会普及に大きな足跡を残しています。

気投票の第一位（7609票）であったことは、そこに大きな共感があったことによるものでしょう。

　川柳は、作家名や作者の出自によって作品が評価されるものではなく、十七音から伝播するコトバの力によって、それを読んだ人の心にどれだけ響くかが大切な文芸です。

　サラ川を読んで、「まったくだ！」と思わされるのは、現代社会に通低する共通意識を十七音として提示されているからであり、これを読むことによって「私だけではなかった…」という連帯感から《癒し》をもらうこともあります。いや、癒しばかりでなく、「そうだ、そうだ！」という社会への憤懣の句からは、句を読み、共感することで一種のカタルシス（浄化作用）が得られます。

〈古川柳《こせんりゅう》*〉も〈サラ川〉も、広くその時代の社会に受け入れられ、ブームになっているひとつの要因がここにあります。

　これらは、川柳の楽しみの中では《読む楽しみ》といえます。

＊**古川柳**という用語は、本来二代目の川柳に対して「前代の川柳」を指すものでしたが、後に初代川柳が選句した作品を指す言葉として今日に至っています。場合によっては、広義に「江戸時代の川柳」全般を指す事もありますが、こちらは「江戸川柳」と呼び、初代の選句と分ける方がよいようです。狭義の古川柳には、名句が多く残されています。

また、明治以降の新川柳において、川柳の拡大に大きく寄与した《句会《くかい》*》というものが明治から百年を経た今も存在します。錚々《そうそう》たる句作りの猛者《もさ》が集まり、《題詠《だいえい》》という課題による作句で句の優劣を競いあう《競吟《きょうぎん》》というシステムで行なわれます。句会に出て、他者の巧い入選句の《披講《ひこう》》を聴くだけでもいい気分になれることがあります。まして、自分の句が披講され、自分の号を名乗りあげる《呼名《こめい》》の機会を得るようになれば、また別の喜びを感じることもできます。競争に勝つスリリングさは句会の醍醐味です。さらに、句会では同好の老若男女が集うことで、同じ趣味を通しての人の繋がりができてまいります。これは、何よりの財産で、直接人と触れ合い結びつく社会の窓口のひとつにもなります。引き籠もりや孤独という社会問題も話題に上がる昨今、川柳などをすることによって、こんな問題を乗り越えられる可能性があります。《交流の楽しみ》とでもいえますでしょうか。

＊選者を立てて句会を催し、課題などによって句を集め、集句の中で優劣を競うのが句会です。
初代川柳没後に万句合形式から句会形式に移りました。
左図は、四世川柳時代の句会の様子を描いたものです。

川柳での交流といえば、句を贈る《贈詩《ぞうし》》という行為も心に残ります。親しい間柄では、何かの節目にお祝いや贈答を行ないますが、この際に、句を色紙や短冊*に認《したた》めて送ると、「コトバの贈り物」として永く受領した者の心に残ります。

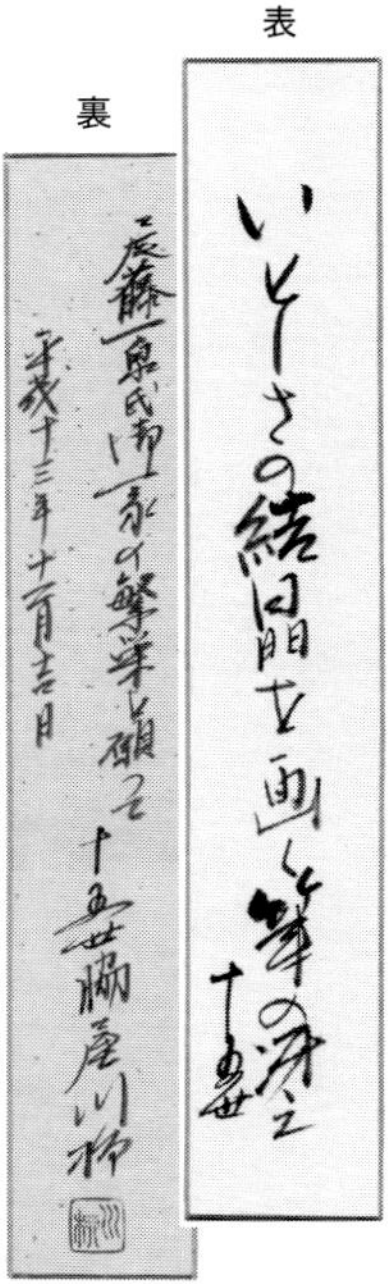

いとしさの結晶を画く筆の冴え　十五世

私に娘が生まれた時頂いた短冊です。その時いっしょに頂いたモノは既に消費して無くなってしまいましたが、その時贈ってくださった作者の心は、十七音のカプセルに残され、この句を読むたびに、贈ってくださった方への感謝が思い起こされます。

＊短冊は、歌や句を書くための縦長の料紙です。通常の大きさは、縦約36㎝、横約6㎝です。

和の伝統を継承する短冊には、雅印を捺さないことが普通です。

普通の大きさの色紙は、縦約27㎝、横約24㎝の方形で、句を書く場合には縦長に使います。

短冊の場合には、しきたりも多く、多少の勉強が必要ですが、色紙は比較的気軽に認められます。

次の三葉は、昭和３年に私の祖父が結婚の際に柳友から贈られた短冊です。

祝　三笠君華燭之典　耳も眼も二人になってたゞ嬉し　（海野）夢一佛

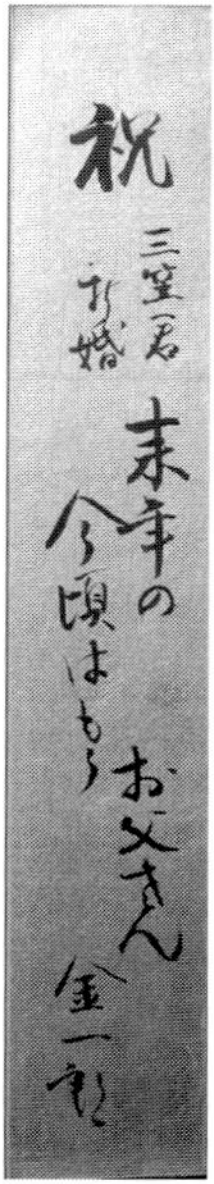

祝　三笠君新婚　来年の今頃はもうお父さん　（田中）金一郎

祝　御結婚　菊の秋特に芽出度い三河島　（田中）三太夫

祖父・三笠*にとって夢一佛《むいちぶつ》**は先輩柳人であり、金一郎、三太夫の兄弟は、気心の知れた柳友でした。三笠とは、実質的に生き

＊　尾藤三笠は明治38年生れで、尾藤三柳の父であり、川柳家としては『昭和三年三笠句集』、『親ひとり子ひとり』がある。

＊＊　海野夢一佛は、明治26年生れ。川柳史を体系的に説いた『川柳史講話』の名著がある。

た時間の重なりのない私にとって、当時のことは父・三柳から聞くより知りえませんが、こういった「物証」があると、三笠の人柄や交友を別な視点から感じることもできます。川柳による《贈詩》は、人と人の繋がりにおいて、とても大きな力となります。

さて、川柳のはじまりは、《前句附万句合《まえくづけまんくあわせ》*》という射幸《しゃこう》的なものでした。課題の前句によって句を作り、入選すると懸賞がもらえるというものです。たとえば、

　にぎやかなこと　にぎやかなこと

という七七形式・十四音の前句が課題となり、

　五番目は同し作でも江戸生れ　　柳多留初篇

といった五七五形式の十七音**（附句《つけく》）で応えるのが基本的な形です。

もちろん、初代川柳の句の選び方が、他の点者《てんじゃ》（選者）とは異な

---

* 元は俳諧の練習としての前句附が、一般公募の形で興行化した遊びで、課題（前句）に対し附句を作り、入花（応募料）を添えて投句し、入選すると懸賞がもらえるというもの。後の文芸としての川柳の母体にもなった。

** 川柳の基本形式。前句附から発展した川柳は、この伝統的十七音のリズムを継承しているといえる。

り、飛び抜けて優れていたことから、後に十七音独立文芸の源となりました。

今日では、万句合と似たような行事に《公募川柳*》があります。多くは企業の広報、イメージアップに川柳を用いようというものですが、文芸性の高い募集も公募で行われる場合があります。

一般的には、入選句に賞金や懸賞金が与えられ、一句に50万円といった懸賞金が用意された公募もありました。句を作って応募するだけで、現金や賞品をゲットできるということから多くの公募マニアが川柳を作ることに参加しています。

ここには、川柳における《懸賞のたのしみ》があります。たった十七音を紡ぎだすという簡単な知的行為によって、賞金や賞品が得られる魅力です。

＊一般の不特定の作者から作品を公募し、あるテーマに沿ったモノサシで優劣を決める行事。多くの場合、企業などが広報の一環として行い、選者に専門の川柳家を置かない場合もあるので、作品レベルは千差万別だが、多くの人が目にする開かれた川柳の機会となっている。オリックス・マネー川柳では、1回の公募に15万句以上の集句を得たこともある。

句会での競吟というスリリングな句作り、公募川柳での懸賞目当ての句作りも楽しいものですが、川柳にはまた《創作の楽しみ》があります。外から与えられた課題で句を作るのではなく、自らの内側に句のテーマを求めます。

自分自身の心を辿り、自分のコトバで紡ぎだされた川柳は、作者そのものの分身です。はじめは、自分を表現することに恥ずかしさや躊躇を感じることもありますが、ただ赤裸々に吐露するばかりでなく、モノや自然に心を投影して言語化する*と、ここには新しい作者自身の表現が生れます。

こうして紡ぎ出された創作の川柳により、真の作者自身との出逢いに繋がる場合があります。日常では気付かなかった自分という存在が、川柳を通して客観的に見えたり、また、自分自身を批

創作中心の勉強会

競吟中心の川柳大会

＊見立てや比喩、象徴などのテクニックを用いることですが、詩としての川柳への第一歩です。

初代川柳時代のように、句会や公募からも優れた選者により文芸性の高い川柳が生れますが、直接的に作者自身の〈表現〉を求める創作では、川柳がさらに文芸と近い位置にあります。

判的に視る眼も養われたりしてきます。これは、真の「我」と出遭う《自己発見》の楽しみでもあります。

さらには、創作を長く続けることで、作者の成長や変化を識ることもできるようになるでしょう。

いきている痛みいとしき命の灯　一泉

は、月足らずでこの世に生を受け、クベース*の中で生きようとする我が子からの一句。この小宇宙の中での生きる戦いを目にすることが、自分の人生を生きる事とも重なった瞬間でした。また、

まじまじと背を見た父の尻をみる　一泉

は、ある時の父の加療中の姿を目にして「出た」コトバです。川柳のみならず、我が人生の前に大きく聳える大山と思っていた親の老いた姿は、淋しさ、悲しみとともに、「父の尻」として父の残してきた膨大な業績を再認識させるに十分なインパクトがありました。

＊保育器。

ＮＩＣＵ（新生児集中治療室）において早産等の未熟児や治療を要する新生児を隔離・保護・治療するための機器。温度、湿度、光など外的環境のコントロールの他、あらゆる新生児の状態を管理・治療する為の要素がある小宇宙。

嬉しいときに作った句は、嬉しさを倍増させてくれます。作者の悲しみは、句に吐露することで何分の一かになり癒やされることも少なくありません。また、仲間の創作を読むことは、それぞれの価値観や生き様を識る手掛かりとなり、遠く離れたり時間を超えたりしてその作者の魂を感じさせることさえあります。

川柳における《作る楽しみ》は、何にもまして人生を豊かにしてくれることでしょう。

さて、川柳は時に「社会の声」ともなります。

新聞やテレビ、ラジオ、さらにはネット等で取上げられる川柳作品は、メディアを通じて多くの人の耳に入ります。

寝袋を　敷いて見上げる　おぼろ月　　髭戸太

ホームレス川柳『路上のうた』

は、「ビッグイシュー*」を売りながら自立を目指す人が、6人の仲間と作った川柳作品集『路上のうた』の一句。決して句会で

＊ホームレスの人々に雑誌を売る仕事を提供し自立を応援する事業。雑誌の販売価格の約半分が手元に。1991年、ロンドンで生まれ、日本では2003年9月創刊。『路上のうた』は、ビッグイシュー販売で自立を目指すホームレス6人の川柳作品をまとめた2010刊行の句集。

入選するような句ではありませんが、目の前にある状況と時々の作者の感情が十七音に盛込まれています。これも川柳の表現として大切な視点であり、句会遊びに夢中になると、こういった自分を見詰める作品が失われてしまっていることに気付かされます。

かつて日本が国家として暗黒の戦争に突き進んだ時代がありました。国民の大半が、国家戦略の方向に呑み込まれ、川柳家の多くも翼賛的川柳作品を作り、戦争を賛美し、国威発揚に加担しました。

そんな時、ひとりの青年川柳家は、プロレタリアートであったにしても、戦争という国家的うねりに、川柳をもって立ち向かいました。鶴彬《つるあきら》*です。わずか十七音ながら端的に言いたい事を表現する川柳は、寸鉄として体制側の人々に見過ご

『鶴彬の川柳と叫び』
尾藤一泉著（新葉館出版）

＊鶴彬…明治42年、石川県生れ。少年時代から「影像」などの柳誌に投句、のちプロレタリア川柳を目指す。井上剣花坊の柳樽寺に入り「川柳人」ほかの柳誌に作品と評論を発表。昭和12年、治安維持法により思想犯として逮捕、収監され、収監中の昭和13年9月14日、赤痢で死去。逮捕の直接の原因となった「川柳人」の作品は、いずれも反戦川柳だった。

せぬと思わせるほどの影響を与えました。

手と足をもいだ丸太にしてかへし　鶴彬

ある出征した兵士の帰還を痛烈に描いたこれらの句は、戦争の一面を鋭く伝えます。短い表現は、時に《武器としての川柳》という激しさも持ちあわせることがあります。

このように川柳には、《読む楽しみ》、《作る楽しみ》そして文化として《識る楽しみ》など幅広い世界があり、それぞれが多くの効用*を備えています。

さあ、あなたも川柳の世界へ踏み出してみましょう。

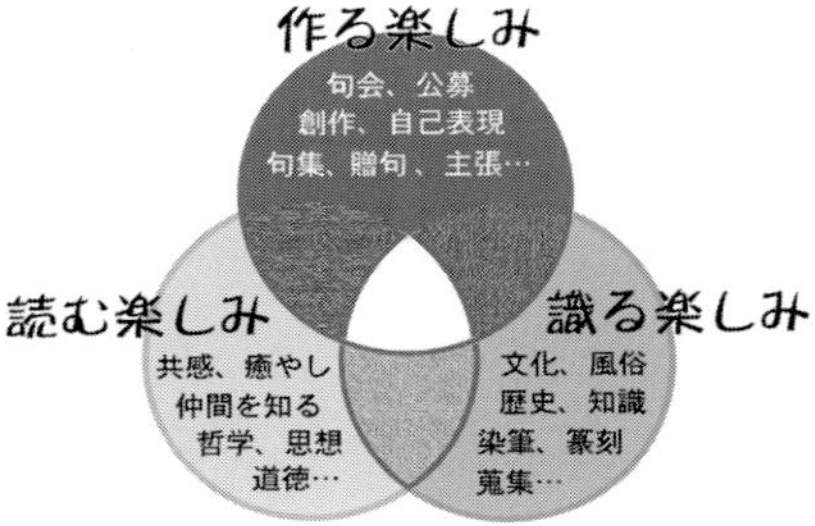

＊川柳の効用…言語をあやつる川柳は、言葉の鍛錬やボケ防止効果はもちろん、言いたい事を言語化することによるストレスの解放、感情の発散、自己の確認など現代社会における問題に効果があります。また、句会や贈句は仲間との交流に、コトバのカプセルとして記録や日記に、さらに賞金などをゲットする公募にと、さまざまな効用が埋蔵されています。

第2章 柳祖

柳祖について

「川柳《せんりゅう》」という名称が、ひとりの優れた点者《てんじゃ》（選者）の号に由来していることはご存知でしょうか。幾度か、個人の名を文芸名とすることを嫌い、改名*の運動もありましたが、その文芸の祖となった人への愛着と尊敬の思いは、今日文芸名として定着する大きな要因となりました。

川柳の道にご案内するのに、まずはこの人の名を知っておく必要があります。

川柳の名称の起こりは、江戸は浅草新堀端に住む柄井《からい》八右衛門《はちえもん》という人が、無名庵《むみょうあん》川柳と号し、宝暦7年（1757）8月25日、

＊ 四世川柳により「俳風狂句」と名づけられ、明治までは「柳風狂句」の名が使われましたが、恣意的には「川柳」とも呼ばれていた。新川柳勃興後には、「新風俗詩」ほか「短詩」「俳詩」「柳詩」「寸句」「草詩」「風詩」などが提唱されたが、「川柳」に落ち着いている。

第一回開キ《ひらき》（入選発表）を行なった時、初めて世に点者としての名を現しました。無名の点者が募集した最初の集句は207員《いん》*、入選句は僅か13員でしたが、後に十七音文芸の代名詞のように呼ばれるようになる点者名は、この日から始まりました。

初代川柳画像
『誹風柳多留』24篇口絵

柄井八右衛門は、浅草新堀端・天台宗**龍宝寺門前の名主をした人で、知識に富み、人情の機微を理解する人だったようです。彼が選んだ勝句《かちく》には、今日でも成語として伝わるものも少なくありません。

孝行のしたい時分に親はなし
（孝〱のしたい時分におやハなし　樽22-23）

* 「員」は、句の数え方の一つ。「一句」「二句」という「句」に同じ。川柳を詩として数える「一章《しょう》」や「一吟《ぎん》」という場合もある。「員」は「員数」ということによる。

** 浅草新堀端には、天台宗龍宝寺のほか、同名の浄土宗龍宝寺がある。混乱を避ける意味で宗派名を冠するが、これまでにも多くの文献で取り違えた記述が見られる。

子が出来て川の字なりに寝る夫婦

（子が出来て川の字形リに寝る夫婦　　樽1-4）

泣き泣きも好い方を取る形見分け

（なき〱もよい方をとるかたみわけ　東里　樽17-44）

などは、川柳としてでなくとも、どこかで耳にしたことがあるのではないでしょうか。また、

居候三杯目にはそつと出し　『狐の茶袋*』

は、出典から正確に言えば「川柳」ではありませんが、人口に膾炙した十七音を一様に「川柳」と呼ぶ風潮は、こうした川柳選により世に送られた十七音作品が、多くの庶民の共感を呼び起こし、耳から耳へと広がったことによります。

短詩文芸のひとつである「川柳」の名称が、ひとりの前句附点者の号から興っていることは類例がなく特筆に価します。

当時、江戸には多くの前句附点者がおりましたが、後発の柄井

＊川柳と間違えられる「居候」の句は、『狐の茶袋』という俳諧書にある。同書は文化13年、金沢で刊行されたもので、古川柳には、明和4年の句に「三ばいめこわそうに出ス掛リ人」がある。

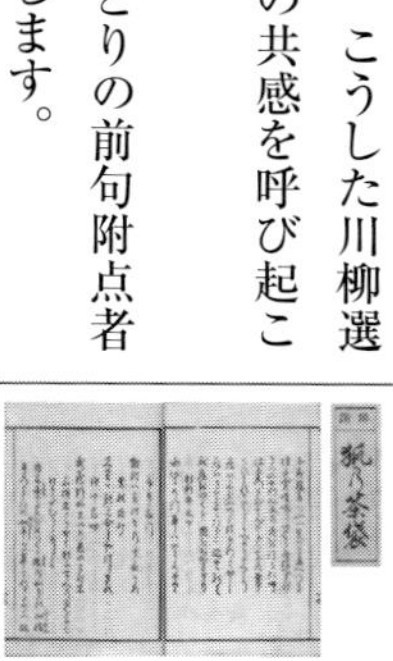

川柳という点者が現れると、その選句の面白さから人気を博し、さらに、選句集『誹風柳多留《はいふうやなぎだる》*』の刊行後は、江戸随一の地位をゆるぎないものとしました。

宝暦7年の立机《りっき》以来、没するまでの足掛け33年間に300万句に及ぶ寄句を集め、当時の前句附点者の中でも際立った人気を集めたことは、柄井川柳の卓越した選句眼と選句基準の独自性が時代に受け入れられたことを意味します。

選句の特徴は、「①都会趣味（新興都市江戸の気風・嗜好・日常語）を基調として洗練された穿《うが》ち**（写実・アイロニー）による笑いを特性としたこと、②前句（題）にこだわらず、一句そのものの面白さ（一句立て・独立単句）に重点をおいた」こととといえるでしょう。

無名庵川柳こと柄井八右衛門の通説では、享保3年（1718）10月生れとされ、寛政2年9月23日に没しました。伝承として、

---

*川柳選の勝句から、呉陵軒可有（P101参照）がさらに十七音で独立鑑賞できる作品を抄出した選句集。特に初期には名句が多く生み出された。

**「穿ち」は〈川柳の三要素〉の一つで、江戸川柳を特徴付けます。作者の視点、作句の切り口を指し、「軽み」の表現を伴うことにより「おかしみ」を生じます。穿ちの目は、今日の川柳でも生かされる。

木枯《こがらし》や跡《あと》で芽をふけ川柳《かわやなぎ》

の辞世が残されています。毎年、9月23日の命日には、川柳を慕う川柳家によって龍宝寺（台東区蔵前4丁目）において川柳忌*が行われます。同寺境内には、柄井家の墓所が〈都旧跡〉として指定され、辞世といわれる「木枯の句碑」があります。

初代川柳辞世句碑
天台宗龍宝寺境内

なお、「川柳」の号は、長男が二代目を継承、三男が三代目川柳を継いだとされます。

血筋による川柳号継承は三代までで、四代目川柳以降は、川柳の有力指導者が継承、六代目からは柳風会により宗家として継承され、十四代目以降は、個人の作家の号として継承されています。

＊ 初代川柳を偲び追悼する行事で、全国の吟社でも同日ないし九月の日を選んで行なわれている。龍宝寺には墓所があり、特に重要な行事として、古くは柳風会、明治以降は久良岐社や東京の川柳団体が主催。法要とともに句会が行われている。

〈前句付〉

柳祖が点者《てんじゃ》*として行っていたのが「前句付《まえくづけ》」です。川柳の歴史を知る上で、是非知っておきたいこととして紹介しましょう。

五・七・五の発句《ほっく》（現在の俳句の原点**）に始まり、七・七の短句、また五・七・五の長句と交互に詠み続けていくのが俳諧《はいかい》（連句《れんく》）ですが、そのうちの一単位、つまり長句《ちょうく》（五・七・五）と短句《たんく》（七・七）を抜き出して、附け合うのが前句付です。たとえば、

切りたくもあり切りたくもなし

という七・七の短句があります。この句（前句《まえく》）を契機（問いとして）に適当な五・七・五という句（付句《つけく》）を付けて一つの世界を作ります。前の句が短句であれば長句で応えます。たとえば、

盗人を捕らえてみればわが子なり

とすれば、前句の気分を捉えて附句が生れ、響きあった世界になります。前句付は、前句と付句の間に働くウイットやユーモア

＊点者とは、集まった句から作品の上下を捌く人を指す。今日の句会では選者と呼ばれるのが普通である。
清記された句の頭や脇に「点印」という記号を付けて句にランク付けしたのでこの名がある。

＊＊俳句も川柳も十七音だが俳諧という文芸から生れてきた兄弟のような存在であるといえる。

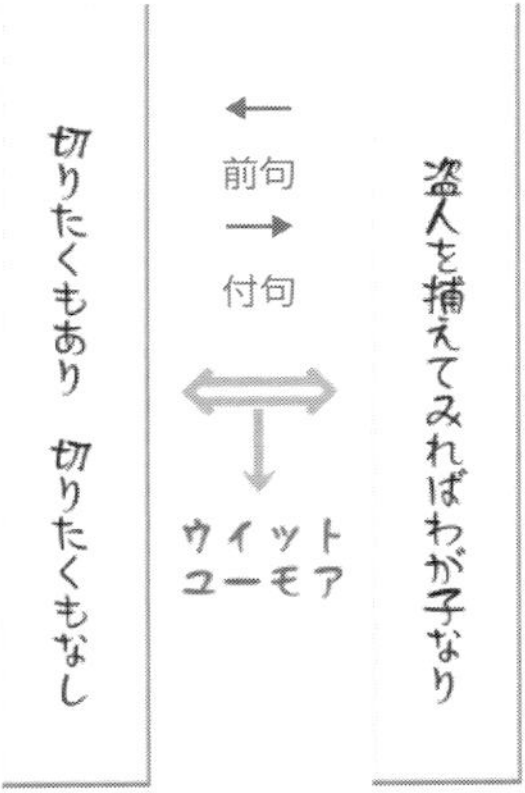

を競い合うというもので、江戸時代これが一種の懸賞文芸として、庶民の間にたいへん流行しました。

この前句附の前句（題*）を切り離して、「五・七・五」の一句立て形式にしたものが川柳ですが、その独立への道を拓いたのが、江戸の前句附点者であった柄井川柳です。

川柳は、前句付という娯楽的な文芸を母体として生まれました。

＊ 前句付では、短句（14音）に長句（17音）を付ける場合と、長句に短句を付ける場合がある。いずれも句というある程度の長さをもったコトバのイメージが付句を作る際の先行イメージとなっていたが、後に句会では、よりシンプルに単語の「題」を示して、ここからイメージされる句をつくるようになった。

第3章 川柳の形と内容

川柳の形

川柳が前句附から生れたことは、前章に記しましたので、なぜ「五・七・五」の形式を基本とするかは、お判りでしょう。

この「五・七・五」の形式を「十七音定型《じゅうしちおんていけい》*」といいます。したがって、川柳は、定まった形式をもつ〈定型詩《ていけいし》〉です。

日本古来の短歌（31音）ももちろん定型詩で、5音と7音で構成された定型のリズム（五七調《ごしちちょう》または七五調《しちごちょう》といいます）の原形をなすものです。

川柳の定型は、古く「十七字《じゅうしちじ》」、今日では一般に「五・七・五」とか「十七音」といわれます。

* 最近の川柳書では、川柳の定型を「十七音字」と説明しているものが少なくない。古くは「十七字《じゅうしちじ》」といった。和歌の「三十一文字《みそひともじ》」という場合の仮名にしての数と音節数を取り混ぜた「音字」という表記は正確ではない。ここでは「十七音」の語を川柳の定型を表すものとする。

このように、5音節と7音節のフレーズを交互に三つ重ねて、5・7・5となり、全体では17音節になるのが、基本的な構成です。この場合、はじめの5音節を「上五《かみご》」(または「初五《しょご》」)、まんなかの7音節を「中七《なかしち》」、さいごの5音節を「下五《しもご》」(または「座五《ざご》」)と呼びます。

定型詩

伝統的に詩句の数とその配列の順序とが一定している詩型を定型詩*といいます。漢詩の五言・七言の絶句や律詩、和歌や俳句など、みな定型詩です。

これに対して、決まった形をもたない詩を《自由詩》とか《不定型詩》とよび、形式を〈非定型〉といいます。

代表的な定型詩には、次のようなものがあります。

短歌　5・7・5・7・7　(31音)

---

* 川柳は、定型詩としての伝統をもっているが、これまでにも定型を破った表現(自由律)などが試みられてきた。中には、表現として成功した作品もある。ここでは、まず十七音のリズムに十分慣れ親しむことからはじめ、作者としての「表現」が必要になった際に、改めて表現内容とリズムの関係を学ぶことにしたい。よって、別の機会に記述する。

里謡　7・7・7・5　(26音)
俳句　5・7・5　(17音)
川柳　5・7・5　(17音)

定型というリズム感や慣れ親しんだ調子は、標語も同様ですが、耳に入りやすく、共感しやすいという性質があります。

たとえば、時事川柳などの訴求力は、定型であってこそ、その効果を発揮する場合があります。共感を狙う場合、その手段としての定型の句調を重視することが、何よりも存在意義を高めるものとなるでしょう。

川柳は、定型詩として世界で一番短い形式の一つともいえるでしょう。

この「五・七・五」の〈定型〉は、最も安定感*がある「かたち」とされています。

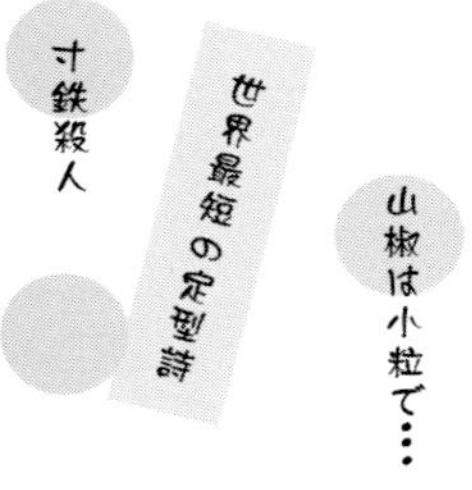

---

* 日本語と5音、7音という音数の関係は、日本の詩歌表現の長い歴史の中で収斂し、形作られた。

今日、十七音とは別に「7・7」の短句を表現単位とする短詩として「十四字詩《じゅうよじし》」が試みられている。これは、既に江戸期から、川柳の表現として十七音とともに行なわれてきたもので、長句とはまた別の切れ味鋭い表現として面白い。

寝ていても　団扇の動く　親ごころ

上五　中七　下五

定型の形式において、「5・7・5」のように意味と句切れの合ったものを〈正格*〉といいます。

正格の例

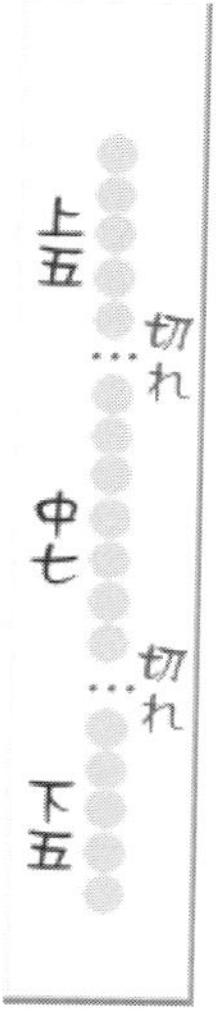

17音でも、句と切れ**のズレたものを〈変格〉といいます。

17音から伸びたり（字余り）縮んだり（字足らず）してしまっても、5・7・5のリズムで読めるものを〈定型感〉といい、まったく5・7・5のリズムから外れたものを〈破調〉または〈自由律〉といいます。

---

* 正格とは最も基本的な形式を指すもので、今日では「5・7・5」をさすが、ある時には「7・5・5」を川柳の正格とし、「5・7・5」を変格と称した時期もあったことは、時代におけるリズム（句調）の流行でもある。

** 「切れ字」とは異なる一つの言葉と言葉の間。上五において繋がった言葉として6音以上の場合、切れが中七にずれ込む。

音数《おんすう》を数える

定型にそって句を作るためには、表現に用いる言葉の音数*を正確に数えられなければなりません。一定の音数にすることがリズム感を生み、その音数で句の中に組み込まれることになります。そこで音数の数え方が重要になりますが、経験により音数は身につき、数えずとも自然に十七音に纏まるようになります。

ここでは、特に注意を要する例を挙げ、参考にしておきます。

長音《ちょうおん》…（母音を伸ばす音）**1音と数える**

カーブ　かーぶ　（3文字）3音

サーカス　さーかす　（4文字）4音

遠い国　とおいくに　（5文字）5音

促音《そくおん》…（つまる音。いわゆる小さな「つ」）**1音と数える**

ドッグ　どっぐ　（3文字）3音

* コトバの音節の数が音数になる。通常の日本語の場合、仮名で表記した文字数が、そのまま音数になるが、上記の例のような特殊な場合があり、その場合の音節の数え方を知る必要がある。

国会　こっかい　（4文字）4音

バックアップ　ばっくあっぷ　（6文字）6音

拗音《ようおん》…（曲がった音の意。小さな「や」「ゆ」「よ」）音に数えない

順序　じゅんじょ　（5文字）3音

ネグリジェ　ねぐりじぇ　（5文字）4音

丘陵　きゅうりょう　（6文字）4音

きゅうきゅうしゃ

＜8文字＞

↓

5音

文字数と音数は違う

外来語では、「コンピュータ」（5音）と表記したり「コンピューター」（6音）と表記したりして音数が変わることがありますが、辞書的には「コンピュータ」の5音が正しいといえます。正確な用語づかいを心がけてください。

※「ん」は、撥音（はつおん）と呼ばれ1音に数える。

通常は子音で必ず直前に母音を伴うため、単独では音節を構成しない。

「阿吽」に相当する「ん」一字で「うん」と読ませる場合には、ルビを振るか「うん」と表記する必要がある。

川柳性《せんりゅうせい》

俳句も川柳も同じ形式の文芸ですが、川柳を川柳たらしめる特徴付けを〈川柳性〉（古くは〈川柳味《せんりゅうみ》〉とも）といいます。

川柳性の中心は、アイロニー*にありますが、少し難しい問題ですので、しだいに理解していただくものとして、ここでは簡単にご説明しましょう。

まず、川柳は、一人で悦に入るような表現ではなく、あくまでも共感をベースとした詩であるということです。これを〈横の詩〉ともいいます。

つぎに、川柳には、諷刺の要素もありますが、単なる高所に立った立場の諷刺ではいけません。

そして、川柳は、機知の文芸ではあっても、頭で作るのではなく、しっかりとした〈目〉で事象を捉える必要があります。

人間が生きていく上での世態人情から政治・経済に至るまで、

＊イロニーとも。川柳の内容的面白さを構成する基本要素。皮肉や風刺ないし反語という意味だが、句を構成する言葉と言葉の対立関係により生じる言葉の力学ともいえる。

「かんざしも逆手に持てば恐ろしい」（樽2篇）では、「かんざし」↔「恐ろしい」という対立する概念を一句の中で整合性を持たせる事により、緊張感とアイロニーが生れている。

森羅万象において人間と関わり無いことは何もありません。川柳の〈目〉は、常に物事を観察し、そこから《発見》されることを共感を持った驚きとして表現していきます。

これが、川柳の目、すなわち〈川柳性〉ということです。

川柳は横の詩*

観光地で絶景に出合ったりすると、見知らない人にまで思わず「いい景色ですね」と声を掛けてしまうことがあります。新聞の汚職記事などを読めば「けしからん」と会社の同僚に憤懣をぶちまけたくなることもあります。自分一人の中だけにとどめておけない感動や怒り、もちろん喜びや悲しみなど、もろもろの感情を含めて、それを他に向かって吐き出し、同じ思いの連帯をかたちづくることで、一種のカタルシス（感情浄化）が生じます。

誰でもが言いたいと考えながら、なかなか言えないでいること

---

*「横の詩」は、明治における川柳中興の祖・阪井久良伎のコトバ。

阪井久良伎《さかいくらき》

明治2年生れ。新川柳中興の祖として、明治の川柳改革の指導的役割を果した。句会を催したのも柳誌を刊行したのも久良伎が最初で『川柳梗概』は最初の理論書。川柳の文化を体現した巨人。

を端的に代弁して、「そうなんだ。それが言いたかったんだ」という共感を多くの人から引き出すのが、〈横の詩〉と名づけられたゆえんです。

同じ意味で、〈没個性の詩〉とも呼ばれますが、江戸時代の句には、いちいち作者名は記されておらず*、読む人すべてがそれを共有したのです。たとえば、〈サラ川〉の場合、一人のサラリーマンの喜びや悲しみが、十七音という短い一句を媒介にして、すべてのサラリーマンのものになるということです。

こうして川柳は250年の間、弱者の連帯を生み出してきました。

川柳は自他を笑う詩

「川柳とは笑いの文芸である」とか「川柳には風刺がなければならない」などとよくいわれますが、この言葉が必ずしも正確に理解されているとはいえないようです。たとえば江戸川柳を、現

* 江戸川柳が、無名性の文学であるというのは、風俗研究などにおいては、句の内容や用語が重要で、作者などを無視してきた姿勢もあるが、初代川柳時代の〈古川柳〉では、発表時から作者名がなく、作者より、句の共感が読者にとって重要であったことが、「没個性の詩」としての川柳を位置づけている。

代の平均化された目から見れば誰でもが笑えますが、笑う立場と、笑われる立場*がはっきりしていた当時にあっては、すべての人に共通の笑いではなかったし、一見「風刺」と見えるものも、自分より下に視線を向けたいわばカラカイの性格が強く、そうした「穴を言う」ことを「うがち」と呼んでいました。

笑いも風刺も、「自分だけは別」という視点では本当の共感は得られません。人間の弱点を笑うことは、同じ人間である自分をもを笑うことです。社会を風刺するということは、その中に住む自分をも含めて風刺することです。そこに、ホロ苦さが生まれます。自己を戯画化することにより、人間全体の弱点や社会のさまざまな矛盾を戯画化してみせるのが川柳。時事を対象とする時も、不祥事やその当事者を一方的にあげつらい、罵ったりするだけでは風刺とはいえず、ただの「小言幸兵衛」にすぎません。

＊江戸川柳が、笑いの標的にしたのは、粋でない田舎侍（浅黄裏）や地方出身者、社会的に強ばりをもつ存在である家老や隠居、姑、後家、ボンボン息子さらには、弱者としての下女などであった。**「勘當も初手は手代に送られる」**などの句で笑えるのは描かれた当人以外。勘当の経験者にとっては手厳しい。

川柳は〈目〉で書く文芸

川柳を「あたま」で書かないこと*――これは鉄則ともいえる心得です。

どんな題材でも、現在、過去にかかわらず、かならず作者の〈目〉を通過した風景、直接自分が立ち会った事象を踏まえて発想されなければ、見かけだけは巧みに飾られていても、読む者の心へ響きません。

「あたま」で書いた句は、理屈になりやすく、また空想やウソにもなりやすく、どこかシラジラしい印象を与えがちです。

それに反して、見かけは稚拙でも体験に根ざした本音、肉声は、常にプラスα《アルファ》として作品に実在感を与えます。

「松のことは松に聞け」という言葉がそれで、松そのものを見ることなく「あたま」だけで描いても、けっして真実の姿はとらえられないということです。

---

* いわゆる狂句と呼ばれる一群の作品は、幕府の改革令に伴い現実を直接描く手段を失った川柳人が、作句の一手法として頭の中だけでのコトバ遊びに陥ったもの。たとえば、**「亀四匹鶴が六羽の御えん日」**などという句は、鶴亀と縁日で賑やかそうだが、鶴は千年亀は万年の数合せで、四万六千日のほおずき市を謎々で描いた典型的狂句。

まず、ひとつの対象をさまざまな角度から見る、心をそこに置いて見る、その本質が見えてくるまで目を離さない、こうした過程は、読者の内側に再現され、追体験されます。従来、佳句と称されるものが、例外なく〈目〉のよく利いた作品であることが、それを証明しています。

川柳は「〈目〉で書く文芸」なのです。

川柳と俳句の違い*

・俳諧の発句を起源とする俳句には、季節を示す「季語」が必要ですが、川柳には季語の制約がありません。

・俳句は、今日でも文語表現を用いますが、川柳は江戸時代から口語、すなわち、その時々の日常語で句をつくるのが普通です。

・俳句は、花鳥風月や自然を対象に詠むのが一般的ですが、川柳は人情や生活、人事などを中心に「川柳性」で書きます。

---

* 同じ十七音形式の俳句と川柳は、確実に違う世界の表現として生まれ発展してきたが、特に戦後以降は、俳句の形式的制約の弛みや内容的な変化によって川柳の表現領域に近づき、一部では表面的に区別のできない作品も存在。
　また、川柳の文語表現やテーマ性の変化により、俳句的作品も存在する。
　ここでは、一般論として形式的に説明する。

・俳句は、一句の独立性を強めるため「や」「かな」「けり」などの「切れ字*」を必要としますが、川柳では、切れ字の制約はなく内容的な面で独立単句として存在します。

以上は、発生の歴史的背景による形式的な違いですが、これとは別に、作品化する際の川柳には川柳としての〈目〉＝捉え方＝が大切であり、それを〈川柳性〉といいます。

一例を挙げておきましょう。

古池やかわず飛び込む水の音

という句を示せば、ほとんどの方が「ああ、芭蕉さまの句だ」と、その作者も含めてご存知でしょう。芭蕉翁が、とある日の古池で出会った感動を読者は、お零れとして戴きます。俳句における切れ字は、作者の詠嘆を句の中に広げます。

では、川柳では…というと、

家を買いそれから何も買ってない

＊「や」「かな」「けり」の他「し」「らん」「ぞ」「よ」「に」…など終助詞や用言の終止形、命令形などがあり、句に深い時間的な空間を与えるとともに、一句の独立性を高める役割がある。したがって、最初の一句として前句に拠りどころを持たない発句の要素とされたが、川柳でも判るように、句に「切れ」を与えるのは切れ字に限らず、形式的な問題にすぎない。

〈サラ川〉（「平成サラリーマン川柳傑作選」七光り）の何気ない句ですが、私などにとっては、「ああ、俺もそういえば改築のローンを決めてから、ろくに旅にもでてないなあ～」と、句に共感します。「俺だけじゃあなかったんだ…」という句を通じた連帯感が生れます。

この句は、作家が作ったというものではなく、サラリーマン川柳の公募に応募し、入選した一句です。もちろん、まったくこの句に共感しない人もいるでしょうが、社会の中でのより多くの共感が〈サラ川〉などが面白がられる背景にあります。

俳句が、作者の感動をベースに存在するのに対し、川柳は、読者の共感をベースに存在して参りました。こういった意味で川柳は〈アノニミティ*（無名性）〉の文学ともいえます。

近代には、作者個人の感動や主張も川柳に取り入れられて表現の幅は広くなりましたが、基本的には、共感をベースとして作られることが川柳の特長のひとつでしょう。


*川柳には、共感をベースとするアノニミティの部分が伝統的にある。

これとは別に、作者名を付けてこそ輝く川柳も存在する。

無名性を自覚した上で、作者の個性も作品に盛込めれば、さらに作品は普遍的なものになるだろう。

川柳の効果

「寸鉄、人を殺す」などといわれますが、仮名にしてたった十七字、一息で言い切れる定型の詩は、世界にも類例がなく、この短さこそが、川柳の《いのち》です。特徴的な一部を描くことで全体を想像させるためには、描かれた一部がわずかであればあるほど、インパクトが強く、ひろがりも大きくなります。

朝帰りだんだん内《うち》へ近くなり

誰でも経験のありそうな状況をさりげなく描いたこの古川柳*は、読む者一人一人の中で心理的な葛藤として広がり、はてに笑いを誘います。

この場合、くどくどとした心境の説明はまったく不要です。たった一滴おとしたインクが、水面へその色を拡げていく——これが、〈短詩型〉である川柳の最大の効果です。

*「朝がへりだんだん内へちかくなり」柳多留11篇10丁。

余計な説明がない分、読者は句のイメージに自分の体験を重ね合わせることができる。待っているのは、角を生やした女房か、古式で厳格な父親か、はたまた気を揉んで寝ずに朝を迎えた母親か…。

解釈の違いは、句を読む読者の人生や経験に制約される。鑑賞においての句の説明は無意味だろう。

現在行なわれている 川柳の3つの傾向

川柳の視野*、表現方法も250年の歴史の中では大きく広がってきました。今日では、幅広い表現が「川柳」として定着していますが、大きく分けると、おおむね次の三種類になります。

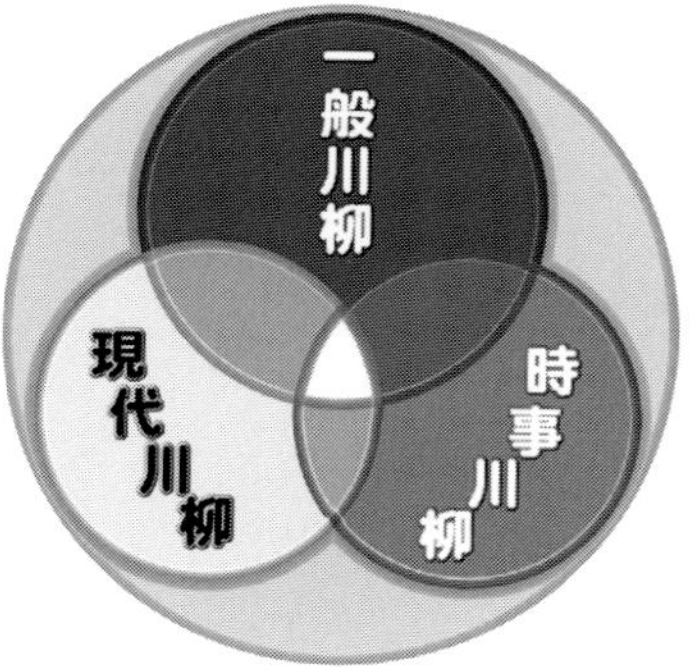

一般川柳（伝統的視点・客観性）
日常周辺を角度で捉える
世態・人情の機微をウガつ

時事川柳（準伝統的視点・客観性）
社会的視野で批評的に対象を捉える。
ヤユ、諷刺（目の方向が上に向う）

現代川柳（近代以後の視点・主観性）
自己の内側に風景を求める
自己表白、抒情、心象

＊「川柳の視野」については、北海道立文学館での講演資料参照。
川柳は、本来もって生れた客観的視野に、明治以降の新傾向川柳運動や新興川柳運動を経て、戦後には主観的視野が定着した。

もちろん、句会や公募では、客観中心の一般川柳が主流であるが、その中に主観的観点を盛込むと、一味変わった川柳も生れる。

「空」というイメージで作られた*次の句をみてみましょう。

遠足の明日を星が引き受ける　（1）

この空のどこにも政治なんかない　（2）

泣きたがる空が私の中にある　（3）

（1）は、主に人間生活の周辺を対象とし、客観的視点で描かれています。誰でも判りやすい内容で親しみやすいのですが、題材がマンネリ化し、繰りかえしになりやすいので、常に新鮮な目を持つことが必要です。

（2）は、作者の批判的精神が句に反映しています。特に眼前の事象を捉えた時事川柳では、無責任な誹謗や、現象報告に陥り易くなります。諷刺は両刃の剣であることを心に据えましょう。

（3）は、作者の主観的感覚や心理が表現の中心となるため、個人的、独善的傾向になりやすいといえます。個の中の普遍、普遍の中の個という表現関係に留意する必要があります。

＊作る　川柳を作品化することを「作る」といいます。よく使われる「詠む」という語は、時間的推移の中での表現であり、川柳のように事象の一部を切り取り描くような表現には向かない。似た用語で「読む」と書く場合がある。古くは「ものす」とも言ったが、特に川柳では「句を吐く」という言い方もされてきた。

今日、この他に企業公募の川柳なども広く行われるようになってきました。そういった募集では、主に（1）の伝統的視点で描かれるのが普通ですが、言葉遊び的要素も強く用いられます。

かつて、言葉遊びは「狂句」として排撃され、明治新川柳以降の表現手法には避けられてきた面もありますが、和歌の伝統を例示するまでもなく、日本の短詩文化には、言葉遊び的要素の強い縁語や掛詞も大切な要素です。

問題は、表面的な言葉の可笑しさだけで笑わせる類の言葉遊びは非文芸ですが、言葉遊びを利用した内容のある表現は、決して排除すべき方法論ではありません。

もっとも、メディアや週刊誌において取上げられる「川柳」と称する作品の多くが、表面的言葉のおふざけや落語的「オチ」の面白さで終始*している点には、十分な注意を要します。

形式と内容について、概要を押さえておいてください。

---

*川柳への誤解と無知が、社会的川柳のイメージを屈折させている。まして、川柳というと宗匠姿で出てくるのは、抱腹ものでしかない。

そのためにもひとりひとりの川柳家が、自らの文芸についてのしっかりとした見識を持つ必要がある。

羽のあるいいわけほどはアヒル飛ぶ　木綿

平成27年8月、川柳のバイブル『誹風柳多留』初篇刊行から250年を記念して上野公園の西郷階段下の建立された記念碑です。金のアヒルと祝いの角樽（柳樽といいます）をあしらった造形は、多くの通行人、旅行者の目を楽しませ、川柳文化発信に一役買っています。樽の腹に書かれた句は、呉陵軒可有翁（柳号・木綿）の作品です。可有翁による『誹風柳多留』の編集方針が、そのまま川柳の文芸性の理念となり、今日の短詩文芸の一隅に「川柳」という名を輝かせています。これは、可有翁顕彰の碑でもあります。

川柳の作り方

第1章　作句の契機

川柳の作句契機は、大きく分けると次の三種類*になります。

課題吟《かだいぎん》
自由吟《じゆうぎん》
慶弔吟《けいちょうぎん》

課題吟は、句会や公募のように、作句するための契機に縛りをかけるもので、〈競吟《きょうぎん》〉という場合においては、同じモノサシによって優劣を判断するために必要な条件となります。

内容で分けると、今まさに起こっている眼前の事象を描く「時事吟《じじぎん》」があります。これは、句会のように他人から与えられる課題ではありませんが、自ら社会に目を向けて、素材（テーマ）

＊作句の契機は一つだけではなく、それぞれの目的に応じ、句の内容も変化し、評価のモノサシも当然変わる。
　句会で抜ける句だけが良い句とは限らない。
　それぞれの作句契機に応じた作句方法を身につけることが、トータルとしての川柳家の幅を広げる。

を見つけるという点では、課題吟の部類と考えていいでしょう。

自由吟は「創作」とか「雑詠《ざつえい》*」ともよばれ、題に制約されることなく作家自身の思いを作句契機とするもので、明治新川柳以降の新しい川柳ではじまりました。現在では、川柳誌それぞれに同人や会員の創作欄が設けられているのが一般的で、題に縛られない分、作家の個性を表出する作品がもとめられます。

慶弔吟は、慶びの行事や悲しみの機会など個人的対象のほか、新年など歳時的なもの、および画期的業績などに対する国民的な祝意などを作句の機会とするものです。

入門教室では、コトバのトレーニングとして、丸ごと一句を作る前に「下五選び」や「中七作り」など一句のパーツを選んだり作ったりしながら川柳センスを磨く過程がありますが、この小著では省略して、課題吟を作ることから取り組んでみましょう。

＊雑詠は、明治の新川柳誌第一号の「五月鯉」（明治38年5月）に始まる。同誌には主宰者・阪井久良伎が数十章の雑詠を発表、〈新風俗詩撰〉と題した近詠欄（久良伎選）を設けている。

ちなみに、俳句の「ホトトギス」に雑詠欄（高浜虚子選）が設けられたのが明治41年10月であり、川柳の方が雑詠欄としては早いことになる。

第2章 課題吟

題とは

課題吟は、テーマや句材としてあらかじめ与えられた課題を契機として作品を作ります。

「題*」は、川柳を作るきっかけとして用いられますが、主要には、競吟という場において、選者が句を選ぶ際のモノサシであり、自由吟のようにテーマが広がりすぎて選考が難しくなることを避ける意味があります。

したがって、課題吟において「題」は、作品に反映すべき重要な要素となります。

たとえば、「白い」という題において、

＊川柳では、前句附の前句（題）による競吟（万句合、角力句合）を作句の契機としたため、課題が切り離せず、寺社への奉額句や追善句など特殊な場合のほか、雑詠という概念は歴史的に存在しなかった。題は、前句附以降、川柳の主要な作句契機として句会に受け継がれた。

白馬ではないが栗毛を友とする

という句は、「白馬」という語が一句の中に入り、句として成立しても、栗毛の馬を主題としているため、「白」という概念からは外れてしまいます。このような句は、通常、題に合わない句として入選から除外*されることになります。

課題吟では、題意の反映が不可欠

一般に課題と句は、ウイットやユーモアなどで繋がります。課題の意味や内容を説明したり報告したりするような表現には、句としての意味がありません。たとえば、同じ「白」の課題で、

黒板の割れ目の所でチョーク折れ　空壷

という句では、チョークという存在自体で題意の「白」をイメージさせ、黒板の割れ目という語で教室における些細な事象や社会における事件を匂わせた作品になっています。

＊句会は、集句のレベルにより選考のモノサシが変わることがある。必要な入選数に作品が足らない場合は、こういった本来除外されるべき句が入選することがある。

また、選者のレベルや「題」の解釈により、何時も除外の対象になるとは限らない。とはいえ、課題で作句する以上、題意の反映という正しいアプローチ法を知っておく必要がある。

課題吟の作句

課題吟の作句に際しては、題そのものを読み込む場合と、課題を読み込まずに暗示だけにとどめる場合があります。一例を見てみましょう。

課題例　「あべこべ」

双生児またあべこべに名を呼ばれ　（課題読込み）

子の肩を母がたたいて二人きり　（読み込まず）

課題例　「未来」

子の未来　父の縮図にしたくなし　（課題読込み）

鷹になれかしと七夜の墨を摺る*　（読み込まず）

課題を読み込むか否かは、課題そのものの種類や性格によっても区別されます。また、作品の内容によっても、限定されるものではありませんが、概ね次のような考え方をすると、題に対する作句姿勢として考えやすくなるでしょう。

＊この句は、一見「5・7・5」の定型（正格）では読めない。「鷹になれかしと」の8音と「七夜の墨を摺る」の9音で構成されている。コトバの意味の塊が、上五を溢れて中七にまで及んだものだが、トータル17音であり、「鷹になれ」で切り、「かしと七夜の」と読めば正格定型になる。こういった「8・9」のようなリズムは、「句渡り」といい定型の類である。

課題を読み込む場合

① 読み込まないと題意を作品に取り込めない場合

普通名詞、つまり一般的なモノの名称は、概ね読み込みを必要とします。例えば上記例の「あべこべ」や「未来」の場合は、課題を読み込んでいなくても、題意を取り込むことが可能です。

ところが、「栗」という課題の場合は、「栗」そのものを読み込まないでは課題吟が成立しません。「栗」は「栗」以外に言い表す方法がありません。

中には類義語に置き換えることができるものもあります。

例えば「茶碗」を「湯呑」とか「九谷」にしても、音数は同じで、句意もさほど変わりません。「栗」は「マロン」としてもＯＫ。

ただし、類義語の置き換えは、読み込みと性格的な違いはないということを知っておく必要があります。

② 固有名詞

先程の①で、「茶碗」は普通名詞で「九谷」と置き換えることができましたが、「九谷（焼）」という固有名詞が出題された時は、「茶碗」に置き換えることができません。

ただし、通常の句会*では、特殊な人名や地名、また商品名などが課題となることは少ないでしょう。

課題の「字結《じむす》び」とは

課題出題の中でも、特殊な出題方式として、「字結び」というものがあります。

一字結び、二字結びなどを総称して結題《むすびだい》と呼んだもので、現在は一字結びだけがもっぱら行われています。

ふつう漢字が一字だけ出題され、一句の中にかならず読み込むことが義務づけられますが、字結びの場合は、その漢字をどんな

＊ 企業における公募川柳では、対象の商品名が課題になることがある。

また、お祝いの句会や追悼句会では、対象の個人名が課題になることがある。

いずれの場合も、臨機応変に題意を句中に盛込むことをすればよく、とりたてて難しく考える必要はない。

かたちで用いてもよいことになっています。

例えば、「空」がソラでなく、空財布、空気マクラのたぐい、空振り、絵空事、空しさ、空々しさ、などでもよく、また、円空仏《えんくうぶつ》や孫悟空でもかまいません。というより、むしろ意表を衝いた着想が珍重されます。

この点が一般に行われる課題吟と違うところで、多分に遊戯的要素の強いものとなります。例えば、

題「空」（字結び可）

春三日　空の高さに空がある*　（普通の課題吟）
空想の中で育ってゆく悪魔　（字結び）
円空の笑みが迎える北の旅　（字結び）

課題を読み込まない場合

例えば、「にぎやか」という課題で、

---

*句の中のアキ
川柳を書く場合、通常は「五　七　五」などと空間を空けて書かない。川柳は、一行直立の文芸である。
わざわざ句の中に1字分あけるのは、活字にした時の視覚的「空間」を利用して、語と語の間に時間的「キレ」を設けようとするもので、例句では、上五と中七以降の語の関係に空隙をもたせたいという作者の意図である。

それぞれの重さで囲むチャンコ鍋

とするなどが課題を読み込まない例です。もちろんこの場合、

にぎやかに力士が囲むチャンコ鍋

と課題を読み込んでもいいのですが、相撲部屋の食事といえば賑やかに違いなかろうに、それをはじめから「にぎやかに」と説明しきってしまうと、作品にふくらみがなくなり、余情*としてひろがる空間を、自分から塞いでしまうことになります。

「にぎやか」といった直接の形容語を用いないで、にぎやかと感じさせる風景が描ければ、読者をそれだけ作品の中に引き止めておけるというものです。アンコ型、ソップ型、大兵、小兵、さまざまの体重で囲んだチャンコの情景から、題意の「にぎやかさ」といってしまうより、効果的なのです。

これが課題を読み込まない場合の利点、というより、古来、機智的要素をたのしんできた川柳の特質を受け継ぐものといえます。

＊ 余情

ことば（文字）として表現されない背後の広がりで、「しのこし」（兼好）、「いひのこし」（正徹）、「そのひま」（世阿弥）などによって喚起される情感やイメージのこと。

前田雀郎は、「句中の客間」などといい、鑑賞者が句に入り込む余地を残すことが、句に広がりを与える。

課題吟の題の性質と一般的対処

題には、単純な名詞題のほかに動作を示す動詞題や状態をあらわす形容詞題、副詞題などが出されます。一般的な対処法として題を読み込むか読み込まないかを考える基準を以下に示します。

通常、名詞の場合には、読み込まないと句意が題から離れてしまいます。

動詞の場合は、読み込まないほうが広い世界を表現できますが、動詞の性質によっては読み込まないと意味をなさないものもあり、それぞれによって判断しなければなりません。

事物の状態を表す形容詞や副詞、およびオノマトペー（擬声語や擬態語）の場合は、読み込むと句の表現を極端に狭めてしまいます。できるだけ読み込まずに作句することが大切です。

以下に、題の種類と一般的な対処法を例示*します。

＊題に対しての読み込み、読み込まずの基準は、あくまでも目安であり、読み込まない方が良いという目安であっても、読み込んだ方が内容的に優れた句が得られるのであればそれでよい。

例句は、尾藤三柳句会作品集から、題詠として典型的なものを選んだ。

読み込む場合		どちらもある場合	
物(個体)を表わす語		動態を表わす語	
普通名詞 特定名詞		動詞	
直接	類語	読み込む	読み込まない
泡 百円 ヘソ	蒸気機関車 鏡 足音	洗う 奏でる 折る	進む 疲れる 光る
蟹の泡生きてる痛みかもしれぬ 百円を借りる敬称とはかなし 0番地とはいうなればヘソである	SLがしずかに歩む象の墓 芸捨ててから姿見が大きすぎ 薄給の靴音にある照り曇り	手相まで洗うすべなく今日終わる 溶鉱炉鉄が奏でるうたを聴く ドア鳴って視線を直角に折られ	筏師の眼は両岸の春を見ず 雑踏のなかで孤独なモーニング 見るだけは見ろと真珠が陽をはじき

読み込まないほうがよい場合

事物の状態・性質を表わす語

副詞	抽象名詞	擬声語 擬態語	形容詞
やがて ジグザグ	さかさま 独り 証明	ヒソヒソ うとうと ひっそり	明るい 冷たい
雲を得るまでを静かな男の眼 綱引きが終わった綱に地をはわせ	子の肩を母が叩いて二人きり 男去る　泣きも笑いもせずに去る 戦争を知ってる指が二本無い	物蔭へ呼んで軍師の貌となる 検札が去るとほんとに眠くなり 父の日の父を残してみな出かけ	フラッシュがついでに照らす過去の人 他人様を泣かす金庫の鍵が鳴り

第３章　自由吟

自由*吟とは、「題」による制約下で作句する「題詠」と異なり、作者自身がテーマを見つけて、一句を作り出すものです。題がない分自由ですが、馴れないと何を作っていいのかの契機が得られません。

自由吟の場合には、自分自身ないし、自分の周辺における事象をテーマとして探すと、作者の思いが盛り込まれた作品になり、「題詠」という競吟のための作句契機より、文芸川柳としての意味合いがより強く発揮されます。

さて、何もないところから一句を得るまでのプロセスを見てまいりましょう。

＊「自由であることは、自由であるように呪われていることである」と実存哲学のサルトルが言うように、「自由」であることは、作者自身が責任を負わねばならない。その呪われた責務を背負ってこそ、自由である創造の羽を伸ばすことができる。

作句のプロセス＊

一句を完成するためには、見入れ（発想）→趣向（構想）→句作り（形象化）という手順を踏むことになります。

1．「見る」ということ

「見入れ」というのは、何を素材（テーマ）とするか、それをまず決定することですが、この時大切なのは作者の《目》で、表面的な浅いものの見方では、句もまた浅薄なものにしかなりません。

しっかりした対象把握には、何よりも「見る」ことが必要です。この場合の「見る」というのは、「心を置いて見る」ことです。「心そこにあらざれば見

見入れ（題材選択）

新鮮な題材

↓

目撃

隠れた真実の姿を捉える

＊句会では、コトバを操るだけで句ができてしまう場合がある。コトバを探し「趣向」から「句作り」という方法も成り立つ。しかし、こと創作に関しては、モノを見詰め、社会を見詰め、また、自身を見詰めることからしか真の「発想」は得られない。いったい、自分は句において何が言いたいのか、何が伝えたいのかは、「見る」ことから始まる。

れども見えず」と四書の一つ『大学』にもあるように、ものの「実相*」に観入して、隠れた真実の姿を心で捉えるのが「見る」です。「目撃**」という言葉の真の意味は「目デ撃ツ」ということですが、「見る」とは、まさにそういうことにほかなりません。

例えば「政治には金がかかる」とよくいわれますが、本当にそうなのか、実際には、政治そのものではなく、「政治家にかかる」のではないか。「政治家」という利権を維持するために必要な金を、「政治」に転嫁しているのではないか。汚職という現実につながるのが、政治そのものの構造に原因があるのか、利権追求という政治家個々の構造に原因があるのかを見極めないまま単に政治家の不正だけをテーマに取り上げても、浮ついた現象報告にしかならないでしょう。

真実をとらえる――あたり前のことですが、これがいちばん重要で、これを可能にするのが、目のはたらきだということです。

*仏教用語で現象界の真実の姿をいう。「実相観入」は齋藤茂吉の歌論にもあり、皮相の写生に留まらず、実相に徹することで「写生」ということの本質を説いたもの。

** 弘法大師・空海の『文鏡秘府論』に見える言葉。肉眼で見えない真実を心の目で見抜くこと。

2. 新鮮な題材を

次に、新鮮な題材を選ぶということ。この新鮮というのは、時系列的により新しい事件ということはもちろんですが、同じことでも、これまで誰もそのような見方をしなかったという意味の新鮮さです。同じ種類の材料でも、新しい違った料理はできます。

しかし、どんな見事な包丁さばきをもってしても、材料そのものが古かったら、新鮮な料理はできません。時事川柳では「永田町」という用語は、使い古されています。が、文字面は変わらなくても、その「永田町」について今まで触れられなかった部分を発見すれば、同じ用語がたちまち新しいニュアンスとしてよみがえります。題材の新鮮さとは、だから材料それ自体の新しさというより、ものの見方の新しさといってよいでしょう。

「常《じょう》のことを珍しくする*」という姿勢が大切です。

* ごくありふれた事柄を新鮮にいうことをいい、誰もが経験していながら、それを表現することのなかったような「言いのこし」が、光りを放つ材料となる。
二条良基が『十問最秘抄』に記したことば。
題材よりも作者のとりなし方の方が重要であること。

3．角度が大切

次に「趣向」ですが、これは、対象へ向かう角度（スタンス）と、対象を切り取る範囲を決定（フレームワーク）することが中心になります。

十七音という詩型では、すべてを盛り込むことはできませんから、ポイントを絞る。最も典型的、特徴的な一部を描くことで、全体を想像させる――例えば、墨絵などでは山の全容を描かず、稜線の一部を描くだけで山を想像させる手法がとられますし、また写真撮影で、グラウンドの全景を入れなくても、その一部をファインダ

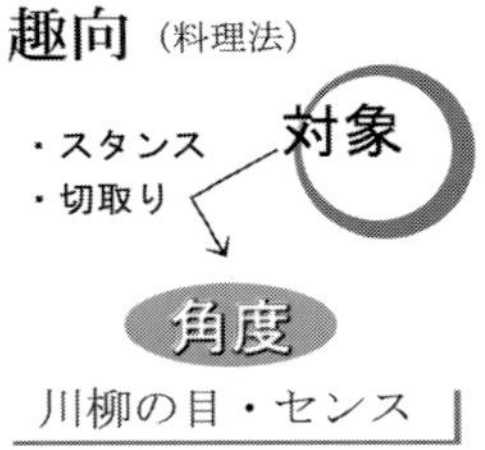

「どこ」を「どう」切取るかがセンス

ーで切り取れば、運動会のスナップはできます。

ただ、その際、何をポイントとして選び、どの部分を切り取るか、つまり、句としてどんなかたちに「風景化*」するかが、一句の内容を決定づけることになります。

そのためには、どの角度からファインダーに取り込むかというスタンスが問題で、上下左右にほんのわずかだけ角度をずらしても、ファインダー内の風景は変わります。

必要なものと、必要でないものは、それが、広がりを持つものか、持たないものかで区別されます。というのは、それをとらえることで、それ以外のものをどれだけ想像させるかが、真のポイントになるということです。

単純な例を挙げれば、見物席の人物を一人写しても周囲の状況は分かりませんが、ピストルを構えたスターターを一人写せば、運動会か競技会、それに近い風景であることは想像できます。

右の図は、**ふる雪の白きを見せぬ日本橋**という句においてのフレームワークを、広重の浮世絵で例示したもの。

***風景化**…コトバによる「説明」や「報告」でない「イメージ」として表現すること。

言葉として表に現われるごく一端の風景によって、言葉にしないそれ以外の風景を想像させるのは、一にかかって切り取る角度にあり、これが短詩型の特性である「凝縮《ぎょうしゅく》*」を導きます。角度が的確であれば、凝縮すればするほど、広がりは大きくなり、句の内容は豊かになります。

同じ対象を見る角度にも、もちろんさまざまあります。前から横から斜めから裏から、それに高低を加えれば、ほとんど無限といってよいでしょう。この中から一つを選ぶことは、そう容易ではありませんが、これは訓練によって身につけていくよりほかありません。

初心者がはじめから的確な角度で物をとらえることはむずかしいとしても、物は正面からだけ見るものという決め込みがあるとすれば、矯正することが大切です。「川柳の目」というのは、とりもなおさず「角度」のことなのです。

＊凝縮…単にコトバを少なくして十七音にするというのではなく、コトバを凝縮するという意識が必要。

それには、コトバとコトバの関係が重要になる。

短くされたコトバは、その短い分の意味しか伝えないが、凝縮されたコトバは、反発力により、より多くのイメージを想像させることができる。

4.「説明」より「描写」を

さて、題材、趣向が決まれば、今度はそれをどう言葉に表現するか。言語芸術の一種である川柳の仕上げは、この形象化にありますが、同じ内容（題材、趣向）でも、文体、レトリック（修辞）によって、まったく違った印象の句になりかねません。

描写

適切なコトバで描写

句作り（形象化）

- 自分のコトバ
- レトリック
- 既成観念からの脱却

文体としては、まず「説明体*」にならないことが肝要です。また、「報告体**」「理屈体***」にならないことです。つまり、これらを含めての観念的な物言いはなるべく避けるという心構えが必要で、そのためにはできるだけ「描写体」を取り、説明するより風景化する、視覚的に描くように努力

＊十七音で事の成り行きだけを描いたような作品。たとえば、
遠足の日には朝から晴れていた

＊＊説明体同様、十七音で何がしかの結果を描いただけの作品。たとえば、
朝起きて顔を洗って歯を磨き

＊＊＊十七音で因果を描いただけの作品。たとえば、
十二月朝から寒い風が吹き

しなければなりません。

同じ「宝クジは当たらない」ということを言うのでも、

宝クジ夢の中ではよく当たり

は、夢に託してひとひねりはしているものの、結局は「夢の中でしか当たらないものだ」という理屈を説明的に述べただけの観念の産物になっています。しかし、これを「夢の中で当てた」という描写体にすれば、現実には当たらないというはかなさをより強調して伝えることができます。

起こされるまで当たってた宝クジ

前後賞付きで当たった夢で覚め

これが、「観念体」と「描写体」の違いです。

5．自分の言葉で

次には、「自分の言葉*」で書くことです。既成の用語で安直に

＊どんなに素晴らしい用語も、また、美しいコトバであっても作者の心のフィルターを通過したものでなければ、出来上がった作品は心を撃たない。句会では、「抜ける」ことを狙ってコトバで脅すような作品も作られるが、作者の心をもたない作品は、披講のときだけの命しか持たず、ほとんど顧みられない。作者の心が乗ったコトバこそ、作品を深くするだろう。

間に合わせたのでは、類型的な句にしかなりません。

川柳の言葉は既製服ではなく、時間がかかっても、内容にフィットする自分だけのサイズを選ばなくては、作者自身の作品とは呼べませんし、新鮮さも期待できないでしょう。ことに、身近な流行語などは、一般の言葉より古びるのも速いということに留意してください。

また、既成概念*へのとらわれも禁物です。自分の目で直接確かめもしないで、「空は青い」という類で、これが観念の弱さということです。本当に青いか、そうでないかは、自分で直にとらえるべきで、「句はあたまで書かず、目で書く」といわれるゆえんも、ここにあります。

さらに、たとえ青かったとしても、すぐ「青い空」と限定してしまうより、その青さをも含めて、読者の連想を呼び起こすためには「空」とだけいえばよいのです。前にも記した句のひろがり

*既成概念のコトバをいくら積み重ねても、文章の切れ端以外の何ものも生れない。コトバに新しい作者なりの発見や概念と概念の新しい関係などを見つけたとき、そこに詩が生れる。詩性川柳という立場で作句する際には不可欠な見方であり、伝統的川柳においても〈意表〉を突いた作品を得るには有効な方法である。

を求めるには、いたずらに修飾語を用いないことも大切で、「形容詞は名詞の敵*」(C・リーガー)という言葉もあります。

川柳は、歴史的に口語発想の文芸として発展してきましたが、時には文語を用いる必要も生じてくるでしょう。前後の音数関係という純粋に形式上の理由もあるでしょうし、また文語には、口語ではのぞめない余意・余情を引き出すことや、力強さを感じさせる利点もあります。

決定的瞬間に死すカメラマン

普賢岳噴火の際、殉職カメラマンの死を、緊迫感をもって描いたこの句では、動詞「死す」の文語用法がきわめて効果的です。

形象化で特に留意しなければならないのは、猥雑・卑俗な用語を避け、また「差別語**」と称される言葉にも注意を払うことです。

以上、見入れ→趣向→句作りについての留意すべき点を、順を追って記しましたが、多少抽象的に過ぎたかもしれません。

* 「花」といえば様々だが「赤い花」とするとイメージは狭まり、「赤いバラ」といえばイメージがさらに限定される。

** 特定の属性である民族や階級、性別、障害者、特定の疾患や職業を持つ人々に対し差別を意図して使用される俗語。古川柳で見かける「めくら」や「かたわ」なども差別用語の一。

《作句のプロセス》

見入れ（題材選択）

新鮮な題材

↓

目撃

隠れた真実の姿を捉える

⇓

趣向（料理法）

・スタンス
・切取り

対象

角度

川柳の目・センス

⇓

描写

適切なコトバで描写

句作り（形象化）

・自分のコトバ
・レトリック
・既成観念からの脱却

⇓

作品

〈上達への早道〉

正岡子規《まさおかしき》*が初心者へのいましめとして「巧みを求むるなかれ」、「拙を覆うなかれ」といっているのは、まさに至言で、はじめからうまく作ろうとか、へたなところを見られたくないと考えるのは、誰にも共通した自然の思いではあるでしょうが、こうした文芸の上達には、それがいちばん禁物だということです。尻込みをしないで、自分の句には進んで意見、批評を求め、かたわら、自分以外の作家の作品によく目を通すこと、これが上達へのいちばんの近道と心得てください。

＊正岡子規

慶応3年生まれの文人。明治の短歌改革、俳句改革など近代文学に大きな功績を残した。短歌改革においては、川柳中興の祖・阪井久良伎が関係をもち、川柳改革にも影響を与えた。明治35年、35歳で夭折。

連作について

連作とは、自分で決めたテーマで、作品を連続して作ることです。自由吟では、決められた題がないので、作りにくいという事があるかもしれません。そこで、自分で「題（テーマ）」を決めて、作品を作る連作も、自由吟の一手段として有効です。

一句導き出すと、その句に触発されて、句が連続的に想起されることがあります。

川上三太郎*は、「一匹狼」を自分に置き換えた連作を作りました。その一部分を紹介します。

われは一匹狼なれば痩身なり
一匹狼友はあれども作らざり
風東南西北より一匹狼を刺し
一匹狼風と闘ひ風を生む
一匹狼あたま撫でられたる日なし

---

* 川上三太郎

明治24年生まれ。剣花坊の柳樽寺川柳会に所属。昭和5年国民新聞の投稿者を中心に「国民川柳」を主宰、後に「川柳研究」と改称。〈詩性川柳〉にも〈伝統川柳〉にも才能を発揮。戦後には時事川柳の夜明けとなる読売新聞時事川柳選者となる。昭和43年没。

紀行吟について

紀行吟とは、旅行などの出先*で作る川柳のことです。これは、「題詠」とも「自由吟」とも異なりますが、自分が旅行先で体験し見聞きし感じた対象を読むもので、テーマがある程度自然に得られることから、単なる自由吟よりも感情のこもった作品が出来やすいことがあります。

一例を挙げて参考にしておきます。

ネパール巡礼　　　　尾藤　一泉

玄奘の道はるかなり飯茶碗
神様が人より多い貧しさよ
ひょいひょいと避ける神様　犬の糞
カーストの臭いを問わぬ蝿の足
ひとり来て異国の神の温かさ
いんぎんに露天の神は売られゆく

*句のテーマを得るために出掛けることを「吟行」ともいい、古くから俳人などの間では行なわれてきた。芭蕉の奥の細道への旅がもっとも有名だが、川柳においても新鮮な感動との出会いを求めて、遠い旅ばかりでなく、日常生活圏でも別の目で散策すると新しい発見を得られる場合がある。

第4章　時事川柳

①「時事」をどう捉えるか

「時事川柳」というときの「時事」をどうとらえるか、をまず考えてみます。

「時事」の「時」は現在、「事」は客観的事象を指し、「時事川柳」とは、眼前に生起するアクチュアル（時事的）な事象をある限定された時間の中でとらえる句ということになりますが、では、「限定された時間」とは、どういうことでしょう。

下の表を見てください。

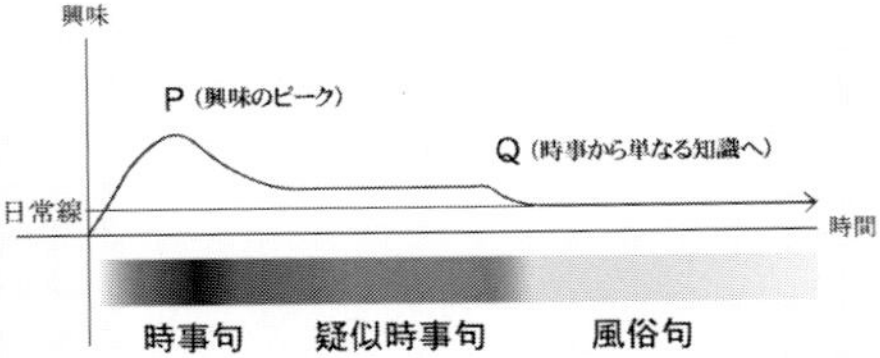

＊この章は、尾藤三柳編『時事川柳読本』（平成８、読売日本テレビ文化センター刊）をベースに内容を整理し、一部を判りやすく解説した。

詳しくは、同書を参考されたい。

横は時間軸で、曲線は時間軸を推移する事象への一般的関心度を示します。

「限定された時間」というのは、対象に向けられる一般的な関心度がピーク（P）にある時で、それより早すぎても遅すぎても、時事性は弱くなります。

衣服の流行などは、そのつど異なったカーブで最盛期を迎え、また下降（風俗化、日常化）していきます。酒・タバコ、公共料金の値上げなどは、その改定の前のほうが関心が強く、上がってしまうと急激に惰性化してしまいますから、むしろピークは前倒しになります。この「事」と「時」とが、曲線の高い部分で結合したものが「時事性」であり、結合させるのが「時事意識」ということになります。

「時事」というときの「時」の幅は、だから決して広いものではなく、それにともなう「こと」への一般的関心も、そう永くはピークにとどまっていないということです。これが、前後どちらにずれても「時事性」は薄弱となり、その分インパクトも弱くなります。

図に示したように、同じ時系列でも、曲線が下降をたどり水平に近づく過程と、水平に転じたものを、それぞれ「疑似《ぎじ》時事句」、「風俗句」と、よみうり時事川柳選者の三柳は呼び分けています。

この「時事川柳」と紛らわしい「疑似時事句」や「風俗句」が時事吟として扱われている例はたいへん多いのですが、これは改められなければならないでしょう。

ところで、これまで「関心度」と書いてきたのは、世間一般の平均的な関心の度合いのことですが、本来は誰もが同じとは限りません。作者にも個々の「関心度」があるわけで、「時事川柳」はいうまでもなく作者個人の関心度の産物ですが、これが客観性をもって平均的関心度と重なり合ったとき、はじめて作者と読者は、共鳴と連帯の握手を交わすことになります。

作者ひとりが時事性を強要しても、平均的関心度がそれを受け入れなければ、作品としての「時事川柳」は成り立たず、単なる独善とみなされることもままあります。これは、冗談などで笑いを誘うのに似ています。タイミングのよい冗談は一斉に笑いを引き起こしますが、「間」があとさきにずれると、同じことを言っても、その効果がありません。

「時事性」というのも、つき詰めればタイミングをはずさないということです。

② 作者の態度を明確に

時事川柳というのは、絶えず新しい対象を求めて、ナマの時代相を反映することで、同時代に生きる読者の端的な共鳴、共感を得ようとするものですが、それはもちろん、一時的な現象報告ではありません。深い洞察と的確な認識を踏まえた作者の「態度」に裏打ちされて、はじめて作品たりうるのです。

単に新聞の見出しを引き写しにした「時事」ではなく、現在流動の中にある事象をとらえて、それに作者の態度が注ぎ込まれた「時事」を、作品の対象とするのが時事川柳です。

時事川柳には、したがって事象に対する作者自身のアングルあるいはスタンスというものが明確にされなければなりません。ある事実があったというだけで、作者がそれに反対なのか賛成なのかも分からないのでは、ただの時事報告に過ぎないでしょう。

例えば、「消費税」や「ＰＫＯ」問題を取り上げるのでも、作者がそれに反対なのか、賛成なのか、それも積極的なのか消極的なのか、あるいはどちらでもよいのかによって、作句の角度は変わってきますし、句の上に現われる姿は同じように見えても、その奥にあるニュアンスの違いは、自然に感じ取れます。

といっても、時事川柳の場合は、常に否定的な立場に立つのが特性でもあり、肯定的な問題については、格別それを素材とする必然性もないわけです。

作者の態度が、当面の事象に対して絶えず批評的もしくは批判的な角度で臨むことから、時事川柳は一般に風刺的なすがたを取ることになります。というよりは、「時事川柳」と呼ぶ時の「時事」は「時事風刺」の意味であると理解していいでしょう。

時事風刺の前提となるのは、何よりもまず客観的で的確な対象の把握で、これがすべての出発点になります。

次に、風刺の根底に据えられるのは、いうまでもなく批評（批判）精神です。作者は、だから単なる傍観者の位置に甘んじていてはいけないのですが、といって反面、過度の主観性は一方通行になりやすく、作品としてのアピールを欠くことになります。

政治や社会を批判するという場合、いちばん注意しなければならないのは、「一言居士」や「小言幸兵衛」にならないということです。妥協のない目は、ひとしく自分自身にも向けられるわけですから、一方的に相手を叱りつけたり、糾明したりするだけで、自分は別といった身の置き方や、自分だけを甘やかす態度は許されないのです。

例えば、総理大臣が頼りにならないことを指弾しても、そういう人物が総理に選ばれるような政治システムに甘んじている国民の側の責任はやはり免れないでしょうし、欠陥だらけの社会を嘆いても、現に自分がその社会を構成する一員であることから逃げ出すわけにはいかないのです。

政治をけなし、社会をそしることは、同時に自分自身をも傷つけることになります。批判は、当然自分にもはね返ってくるもので、どんな場合も「自分だけは別」ではあり得ないのです。「風刺は両刃の剣」といわれるゆえんです。

風刺や批判は、したがって自分もまた傷みを感じることで、はじめて成り立つものと心得なければなりません。

主観に偏ることのない客観性を維持しつつ、その上で、自分の立場や態度を明確にするというのは、なかなか容易なことではありませんが、そこに時事川柳のレーゾンデートル（存在理由）があり、作り甲斐もあるということができましょう。

③ 時事川柳の３Ｓ《スリーエス》

風刺表現の根底や回路をなすのは、前記の批評精神をはじめ、アイロニー、セルフ・アイロニー（自虐）、ウイット、シニシズム（冷笑主義）、エピグラム（寸鉄性）、ユーモア、ブラック・ユーモア、ペーソス（哀愁）、エスプリなど、さまざまな要素がありますが、それらを 駆使しての基本的な方法論に入る前に、ぜひ銘記しておいていただきたいのは、次の三つの要点で、三柳はこれに

「時事川柳の3S」と名づけています。

S	PEED	瞬発力・即応性
S	ENSE	発想・視角・趣向
S	TYLE	形象化・完成度

時事川柳を最も時事川柳たらしめているのが、この3Sです。以下、それぞれについて記しましょう。

①　スピード（SPEED）

スピードというのは、作句の速度ということではありません。物事に対する対応の速さ、即応性を指したものです。これを可能にするのは、感覚的な鋭さというよりは、日頃からの心の構え、いかに油断なくレーダーを張りめぐらすかの周到さにあります。同じ事象、同じテーマをとらえても、立ち後れると、その分だけ時事的な価値が落ち、さらに時がたてば、いわゆる「くさる」状態になります。そのため時事川柳には、特に動く対象に対する瞬発力、動体視力とでもいうような能力の体得が要求され、これが一般の川柳と異なる最も大きな特性でもあるのです。

他の2S（センス、スタイル）、つまり発想、視角、趣向や句姿・句調などの形式的完成度は、通常の作品にも共通の要素ですが、それに加えて、時事川柳には特にスピードが要求されるということは、眼前に流動する事象を、「今」という時点で「点」としてとらえる即応性が必要だからです。

センス、スタイルが完全でも、事象と作品の間に時差があっては、時事川柳としては全き作品とはいえません。したがって、時事川柳にとっては、他の2Sよりさらに大事な意味を持つのが、このスピードのSだということができます。

流動の中で、次なる動きを予知できるほどにレーダーを磨き上げておかないと、眼前の「今」にすぐさま対応できません。譬えるなら、相手の剣が動いてから構え直したのでは、もはや遅いということです。

もちろん、この瞬発力をどう形象化に結びつけるか、どう類型を越えるかなどは「センス」の問題であり、また定型詩として成り立たない「スタイル」でははじめから作品とはいえませんが、他の二点が不満足な場合でも、「スピード」という一点で句を支え得ることはあります。しかし、その逆はありません。

スピードこそ、すべてに優先*するということです。

② センス（SENSE）

時事川柳というものが、単に政治的、社会的な素材を取り込んだだけの作品という意味でないことは、すでに記しましたが、目前で、現に動いている事象から、その典型（象徴的な部分）だけ

*2001年9月のいわゆる「9・11同時多発テロ」の際、発生から数時間の内に〈よみうり時事川柳〉へ投函された作品に、

アメリカの時計が止まる午前九時　栗葉蘭子

という一句がある。事件発生と平行して、作者の脳裏には東西冷戦の緩和という時間の流れが一気にテロとの戦いへ向うという時間の逆向性の予感は鋭い。

を引き出し、それを切り口として提示して見せる（説明するのではない）のが、センスです。

したがって、線（時間）を線としてとらえるのではなく、線を点に還元して取り出すという操作が必要になりますが、この過程で、情緒的空間（たとえば同情や憎しみといった個人的感情の介入）は極力カットされなければなりません。

流れが固定してしまったり、または反復してしまったりする対象は、「時事」とはいわず、「風俗」とみなされます。「時事」とは点であり、「風俗」とは線であると認識してください。

社会記事的な句が、政治的な句よりむずかしいのは、社会的対象は、点としてとらえにくいことが多く、ともすると単なる風俗句に埋没する危険があるからです。しかも政治記事的な句は、批判的アングルを加えることで、それなりに成り立ちますが、社会記事的な句の場合には、出来事の種類によっては、批判以外の空

同様の点で、国家が戦争に向う時代に鶴彬が読んだ昭和12年の

エノケンの笑ひにつゞく暗い明日

という句も、しっかりと時流を見据えた〈目〉が句に生かされているのを感じる。

間や、作句上の「技術」、より磨かれたセンスを必要とすることがあるからでもあります。

センスもまたつき詰めれば、いかに本質を掴むかという〈目〉の問題に還元されます。…どんなに鮮やかな瞬発力でとらえた素材でも、また発想や物の見方にすぐれたセンスを発揮しても、最後の仕上げである表現形式、文体がいい加減では、完成した独立作品とはいえません。

③ スタイル（ＳＴＹＬＥ）

どんなに鮮やかな瞬発力で捉えた素材でも、また発想や物の見方に優れたセンスを発揮しても、最後の仕上げである表現形式、文体がいい加減では、完成した独立作品といえません。

川柳の形式は、総音数17音、その中で分割された音数のブロックを適宜に組み合わせて、律調ある一句に構成するわけです。必ずしも5・7・5の正格にこだわらなくても結構ですが、いたずらに音数が多く、散文のように冗長だったり、リズム感が全くないものは、川柳の形式とは認められないということです。

一音、二音の多いとか寡《すくな》い（字余り、字足らず*）をいうのではなく、多ければ多いなりに、少なければ少ないなりに、律文としてのリズムが工夫されるべきです。

形式というものがいかに大切かは、これまでに口から口へと伝えられ、また第三者の記憶に残るような秀作が、内容とともに、例外なく句調のよい作品であることをみても理解できると思います。

もちろん、スタイルだけ良くて、中身が空虚というのでは困りますが、いずれにせよ、スタイルは川柳表現のさいごの関門で、ここで注意を怠ると、すべてが無為に帰するということを充分に心していただきたいと思うのです。

---

*字余りは、5音の部分が6音、7音の部分が8音になったりして総音数が18音以上になったもののうち、リズム上定型感が残されたもの。中八などが典型であるが、上五が6音、7音の場合には定型感の崩れは少ない。

字足らずは、逆に16音以下になったもの。特に中七が6音になると、定型感を著しく崩す。

第5章 慶弔吟

慶弔吟というのは、祝意を表する慶祝吟と、弔意を表する哀（追）悼吟のことで、川柳としては特殊なTPOに属します。

たとえば、親しい友人やその家族が結婚する慶びに対して、平凡なお祝いだけでは物足りないという時、色紙*なり短冊に一句したためて祝意を添えると、コトバとしての祝意が伝わり、また、生前交わりが深かった知己の霊前に、心からの悲しみを託した一句を捧げると、その思いは深まります。

十七音によって慶びをともにしたり、無常を嘆いたりする慶弔吟には、単なる趣味性を越えた川柳の人生的意味があります。

例句を中心にご覧ください。

＊新築祝いの例

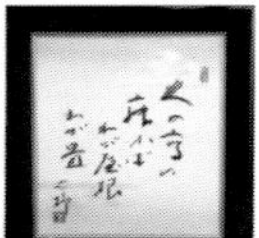

大の字に寝ればわが屋根わが畳　三柳

①慶祝吟

〈個人的慶び〉

還暦の髪くろぐろと慕われる　〔還暦・前田雀郎〕　竹　林

廻れ右したくなったら手を貸そう　〔教え子就職〕　颪　来

月光に子の子しっかと抱き給え　〔初孫出生〕　新　子

微笑めば微笑む顔が前にあり　〔結婚〕　桃太郎

十五世と書く　一本の重い線　〔襲名・十五世川柳〕　遊　子

雅叙園で一頁足す川柳史　〔尾藤三柳出版祝賀〕　竹　路

〈普遍的慶び〉

咳一つ聞えぬ中を天皇旗　〔大正天皇即位〕　剣花坊

久しぶり君が代はいい歌と知り　〔五輪に日章旗〕　雀　郎

〈歴史的な慶び〉

改元も花の七日のカレンダー　〔昭和元年は七日間〕　久良岐

明治百年の金色を盛る酒盃　〔明治百年〕　一　吉

＊慶祝の機会は個人的慶びとして、暦に関するもの（成人、還暦、古稀、喜寿、傘寿、…）、職に関するもの（開店、就職、栄進、栄転等）、家に関するもの（新築、転居等）や成長（誕生、初節句、七五三、入学、卒業、結婚、金婚等）など。また、受章（賞）や襲名、発表会、旅立、出版、退院等も慶祝吟の機会。さらに国家的、国民的、歴史的な節目や行事でも行なわれる。

川柳が芽吹いて江戸が江戸になる〔川柳250年〕　三柳

〈自　祝〉

五月鯉四海を呑まんず志〔「五月鯉」創刊〕　久良伎

〈年　賀〉

怒涛いま初日に映えて巌に散り〔発句的年頭句〕　君蝶

猪のいびき眺めている癒し〔当年の干支〕　風柳

よわい八十もすこしやる気持っている〔身辺報告〕　田頭良子

② 弔意吟

弔意吟は、面識・交友のあった相手に対する哀悼句〔逝去時の霊前に捧げる〕追悼句〔年回忌などに詠ずる〕と、川柳忌などの際、既に没した初代川柳を偲ぶように直接の面識を持たない場合献句〔儀礼的意味をもつもの〕に分けることができます。

弔意吟はおおむね次の五つのパターン*に分類できます。

*パターン
1無常観を述べる（多くの場合、季節感と結びつく）。
2故人の名（または号）を読み込む。
3故人を象徴する事柄（性格、風俗、地名、職業など）を読み込む。
4故人生前の事蹟を讃える。
5故人との個人的関係に触れる（肉親・親などの場合）。

〈哀悼句〉

剪り紙のきりきり秋は　秋は哭く　1〔石原青竜刀〕三　柳

祐さんに聞こえる声でさようなら　2〔山村祐*〕一　泉

句集なく句碑なく夢二郎残り　3〔高木夢二郎〕鶴　子

ざくろの芽冬をそのまま潰え去る　4〔前田雀郎〕三太郎

川柳の父が旅立つ春の宵　5〔西島〇丸〕駒　人

〈追悼句〉

萩咲けば思い出される咳一つ　〔「咳一つ」は剣花坊の句〕雀　郎

頬を撫でて柳が育つ林泉寺　〔八世川柳三七回忌〕鈍　助

なぜ秋は青竜刀を置いて来た　〔石原青竜刀一周忌〕三　柳

〈献　句〉

洒のこと句のことばかり〇丸《れいがん》忌　〔〇丸忌〕三巴瑠

久良伎忌の吉原は斯くほろびけり　〔久良伎忌〕竹　二

拷問のうめき貫く反戦歌　〔鶴彬忌〕柳念坊

---

*哀悼の対象である「山村祐」の名を読み込みながら、

神さまに
聞こえる声で
ごはんだよ
ごはんだよ

という同氏の作品を下敷きにした本歌取り。

第6章　柳号をつける

川柳をするのに、特に別の名（雅号《がごう》*とか柳号と呼びます）をつける決まりはありません。

柳号とは、本名とは別につける川柳の上での名前のことですが、苗字まで変えたりするペンネームとはやや趣を異にします。

もちろん、本名をそのまま雅号にしてもかまいません。

俳諧や俳句でも「俳号《はいごう》」ないし単に「号」を名乗ることが多いのですが、有名な松尾芭蕉は、「芭蕉」が俳号です。また、俳号は多くの場合、「松尾」という苗字を伴って表記されます。

私たちの文芸名「川柳」もさいしょは俳号でした。柄井八右衛門が、前句附の点者として名乗ったもので、俳諧の修練から生れ

＊雅号は、歌人や画家・文人などが、本名以外につける風雅な名として使われてきた言葉だが、「風雅」は川柳家の号としてそぐわないところがある。「俳号」に対して「柳号」という語が相応しかろう。

た前句附の宗匠名は、まさに俳号そのものです。これに倣って、川柳での名前を「柳号」としてつけることがあります。

古くは表徳《ひょうとく》*ともよばれ、川柳評万句合時代には、号というより匿名の符牒のようなものとして、作者に関連ある一字の下に〈印〉をつけて「××じるし」と読ませるもの（勝印、柳印、川印、斧印、鳥印、歌印など）が多かったようです。

川柳が、万句合から句会の時代に移ると、職業、居住地、その他、庵号（堂号）と合わせて洒落で付けた名称が使われるようになります。四世川柳の作家時代の眠亭賤丸《みんていしずまる》は「眠って静まる」の洒落から。職業から付けられたものとして鯹斎佃《せいさいたづくり》（なま臭い田作り＝佃煮・佃島の漁師・五世川柳）、不及庵《ふきゅうあん》迚茂《とても》（とても及ばずの洒落）、五峯舎一泉《ごほうしゃいっせん》（御報謝一銭の意）などさまざまです。

明治川柳中興の祖・阪井久良伎の号は、その出身地である神奈川県の久良岐郡にちなみ、初期は「久良岐」をそのまま号とし、

＊表徳の時代は、句の主を特定し景物を受取る際の印としての役割が高かったが、句会の時代に移ると、勝句の作者が「呼名」するという必要性が生まれ、単なる印から号への変化が生じたものと思われる。

今日では、句会ばかりでなく創作などの「作者」を特定する名前としての役割が大きく、音や表記の上での特殊性が望まれる。

後に一字改めて「久良伎」にしています。久良伎は、「川柳さくらぎ」系の大先達にあたります。

久良伎の弟子で柳風狂句から川柳界に入った前田雀郎《まえだじゃくろう》*の最初の号は、春雅亭文丸《しゅんがていふみまる》でした。これは家業の足袋商で使っていたシンガーミシンを踏むというところからの洒落です。後に、出身地・宇都宮の雀踊りから一字とって、雀郎を号としました。

私の師である尾藤三柳《さんりゅう》**は、その父親で川柳家でもあった尾藤三笠《みかさ》と音読みでは同じ「三柳」を号としました。やがて、川柳の大家となり、「三柳」は「三流」の音に通ずるということから一時期「柳郎《りゅうろう》」と改号しましたが、それまでの三柳の号で行なった業績が大きく、号を元に戻さざるを得ませんでした。柳号は、無闇に変えることができませんので、最初に納得のいく号を作ることが大切です。

また、三柳には別号（三柳以外の柳号）がいくつもありますが、

＊前田雀郎

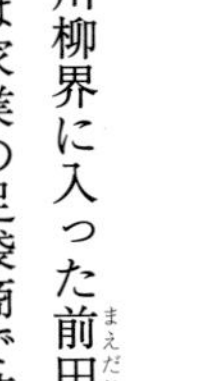

明治30年生まれ。地元柳風会の狂句から入門、後川柳中興の祖・阪井久良伎門に入る。大正13年都新聞の投稿者を中心に「みやこ」を主宰。〈都調〉で一派をなす。俳諧の平句に川柳の境地を求めた作品ともに川柳研究者として優れた著述と弟子を残す。

そのうちのひとつである「朱雀洞《しゅじゃくどう》」は、師匠である「雀郎」の一字を頂いたもので、師系の正しさを物語る名でもあります。

私は、本名の「衡己《ひでき》」のまま川柳にはいりました。やがて、句会に出るようになると、柳号をつけたいと思いました。当時は、絵描きになりたかった事もあり、フランスの画家・アングルに私淑した絵画制作をしていました。中でもアングル作の「泉」という油絵作品が好きで、「泉が一番」ということから「一泉《かずみ》」というのを柳号にしました。しかし、句会では、多くの「かずみ」さんが入選の度に呼名《こめい》します。その都度、「尾藤」の「かずみ」であることを名乗らねばならず、煩わしさから「いっせん」と読みを改めました。

アングル作
「泉」

また、私の別号「玄武洞《げんぶどう》」は、師匠が「朱雀洞」で南の方角の

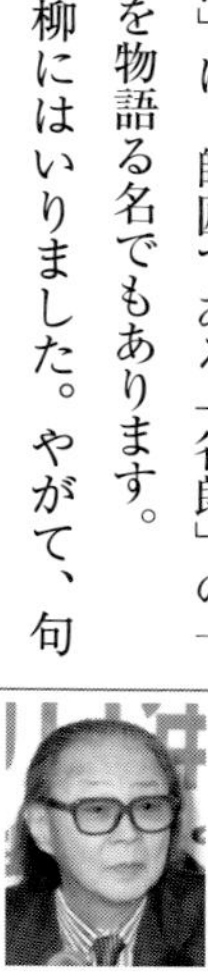

＊＊尾藤三柳　昭和4年生まれ。12歳で川柳入門。雀郎に師事し、没後は三太郎の「川柳研究」や冨二の「川柳とαの会」等を経て昭和50年「川柳公論」を主宰。『川柳総合事典』他多数の川柳書を執筆、また多くの柳人を育てる。別号として、「朱雀洞」の他「去来亭」「五客堂」「柳郎」などをもつ。

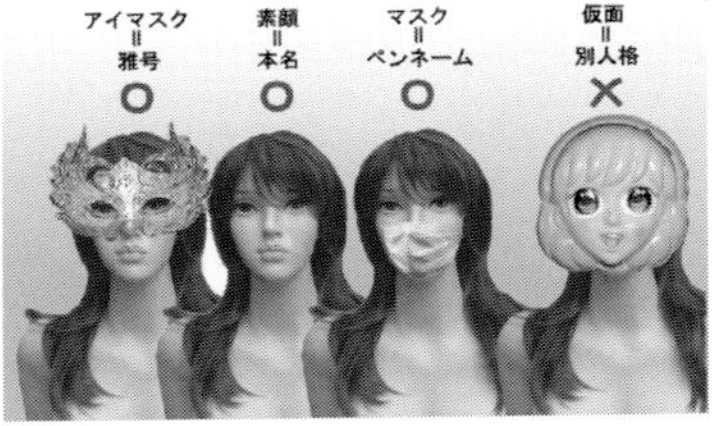

柳号の考え方
匿名は仮面に相当する

神獣「朱雀*」を用いていることから、北の方角の神獣「玄武」の名を貰いました。

柳号は、本人を特定しながらも、川柳という世界で互いに呼び合う通称です。肩書きや仕事を離れた時の名と考えてください。ただし、川柳は文芸の一部であり、作品に責任を持たない〈匿名〉という顔を隠したものでは通用しません。柳号も大切な自分の一面を表す名であり、あまりふざけたものにすると、後悔することになるでしょう。雅号には、素顔の一部を残さないといけないということになります。

また、一流の川柳作家になった時、作品に付けられた雅号が恥ずかしいようではいけませんし、句会において呼名するのを憚るような音では困るでしょう。よい号をつけ、大切にしてください。

---

*四神は、北の玄武、東の青龍、南の朱雀、西の白虎という四神獣。

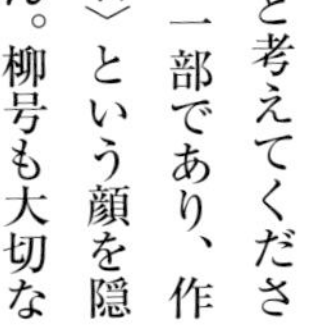
玄武

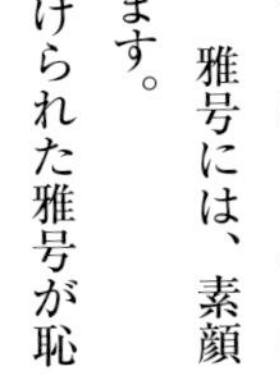
朱雀

知っておきたい川柳あれこれ

第1章　川柳三神

川柳の恩人

川柳《せんりゅう》という文芸名が、ひとりの前句附点者の号に由来することは、21ページに紹介した通りですが、このことからも判るように、初代川柳という人が、単なる遊びとしての万句合興行の勝句を文芸の域まで高めました。川柳評に集った膨大な投句から、庶民の共感を得る秀れた作品を選び出した選者の〈目*〉こそ、川柳という文芸の元となったのです。私ども川柳に携わってきた者が〈柳《りゅう》祖《そ》〉と呼んで初代川柳に親しみを感じるのもここにあります。

そういった意味で初代川柳は、川柳第一の恩人です。

「柳祖」のところでも触れましたが、少し詳しく初代川柳を紹

*川柳が同時期に多く行なわれた別の点者の万句合と違って見えたことのひとつに「選句眼」の素晴らしさがある。どんなに人気があっても、長い歴史の時間を耐える名句を生み出した〈目〉こそ、川柳が文芸になりうる礎だった。

介しておきますと、本名を柄井八右衛門《からいはちえもん》（幼名を勇之助《ゆうのすけ》、通称を正通《まさみち》）といい、通説*では、享保3年（1718）10月の江戸の生まれ。宝暦5年（1755）、38歳で父の跡を継いで天台宗龍宝寺門前の名主となり、その後、近隣の金龍寺門前、桃林寺門前、寿松院門前の名主をも兼ね、寛政2年（1790）に亡くなるまで勤めたといわれます。

伝初代川柳の「無名庵」の印

前句附の点業（選者業）は、宝暦7年8月25日の開キを最初として、無名庵《むみょうあん》川柳と名乗りました。33年間に閲した句は、約300万句。現在までに勝句として伝わるもの72780句が知られ、『誹風柳多留《はいふうやなぎだる》』に再録されたものだけでも17360句にのぼります。寛政元年9月25日の開キが初代川柳評の最後でした。この時病気になったと思われ、翌寛政2（1790）年9月23日（グレゴリオ暦では10月30日）に没しました。法名・契寿院川柳勇縁信士として龍宝寺に墓所があります。

＊初代川柳の伝承には、未解決の謎が多い。副業を禁じられた名主が万句合の点者をできたのか。可能であったとして、名主の業務の間に、多い時で10日に3万句の選ができたであろうか。また、初代没後、二世川柳を継いだという長男ではなく、何故三男が初代の墓石を建てたかなど不明な点が多い。この謎解きも川柳を識る楽しみの一つだ。

初代川柳は、「川柳家」ではありませんので、いわゆる川柳作品は一句も残しておりません。作品として知られるのは、前句附の宗匠として知人の追悼に詠んだ「発句」があります。

天明3年3月の万句合に、

上ヶつけておしや切れ行く凧《いかのぼり》　（上げつけて惜しや切れ行く凧）

の追悼句がみられ、天明3年8月には、「李牛*追善文」として

世におしむ雲かくれにし七日月　（世に惜しむ雲隠れにし七日月）

さらに、天明4年の「李牛子の一めくりに」として

今ごろハ弘誓の舟の涼かな　（今頃は弘誓《ぐぜい》の舟の涼みかな）

があるだけです。

現在、龍宝寺には、「初代川柳辞世**」として伝わる、

木枯や跡で芽をふけ川柳

（こがらしや跡て芽をふけ川柳　最初の句碑の表記）

の句碑（P25写真参照）が残されているのみです。

---

*李牛《りぎゅう》…柳水連の有力者・雨譚《うたん》の息子で、天明3年7月7日没。唯一、初代川柳が追悼句をささげた作者であり、李牛ないし雨譚と川柳の関係の深さが想像される。

**天保頃になって始めて著述に現れる。真贋はべつとして、川柳50年忌に五世川柳が龍宝寺に句碑を建てて以来、初代の辞世として柳人に親しまれてきた。

㊤川柳評万句合・暦刷
㊧『誹風柳多留』初篇
〔朱雀洞文庫蔵〕

さて、さいしょは、僅かしか集まらなかった川柳評万句合が軌道に乗った頃の明和2年（1765）、川柳評の勝句を印刷した〈暦刷《こよみずり》*〉の中から、「一句にて句意の判りやすき」作品を集めて刊行されたのが『誹風柳多留《はいふうやなぎだる》』です。

この本の編者は、呉陵軒可有《ごりょうけんかゆう》という人で初代川柳の選んだ句の中から、さらに前句（題）を外しても十七音独立**で鑑賞できる作品を選び、一冊としました。これが、俳句と同様、十七音だけで鑑賞するに足る文芸としての川柳の礎になりました。呉陵軒は、十七音独立の理念を打ち立て、また、木綿《もめん》の号で下谷・桜木連の中心的作者として作者集団の指導的役割も果しました。

角田川《すみだかわ》二十二三な子をたつね　　柳多留11

---

*入選句を細長い文字で刷ったものが、伊勢暦に似ていたことからの俗称。川柳評勝句刷などとも呼ばれる。

** 文芸として川柳が独立鑑賞されるには、前句や題との響き合いを楽しむという題へのよりかかりに頼ってはいけない。
一句で完結した世界をもつことが、独立文芸の重要な要素となる。

元ト舩て大の男の針仕事　柳多留11

五十づらさげて笑ひに出る女　柳多留17

など、近代詩にも先立つアイロニーの作品を生んでいます。

著述家としては、水禽舎縁江《すいきんしゃえんこう》*の別号で『誹風柳多留』初篇から22篇ほか『繁栄往来』や『花のねうし』などを残しています。

生年や職業は不明ですが、天明8年5月29日（太陽暦1788年7月14日）に没しました。呉陵軒可有も川柳の恩人として、命日に近い休日を選んで5月3日に〈可有忌《かゆうき》**〉が行われています。

もうひとり、忘れる事のできない恩人の名があります。花屋《はなや》久次郎《きゅうじろう》（久治郎、旧治郎とも）です。この人は、江戸は上野広小路、五條天神の裏鳥居前に店を構えていた書肆《しょし》（本屋）で、呉陵軒可有に川柳評勝句からの出版を持ちかけた人です。初代から三代目まで70年にわたり、『誹風柳多留』の出版（初篇から124篇）を続けるとともに、スポンサーとしても川柳風の行事や大会を企画し、

＊柳多留の記述である「浅下の麓」（浅草と下谷の境）と号の「縁江」（川の辺）などから、呉陵軒の住んだと思われる地域が絞られる。呉陵軒の謎も興味深い。

＊＊毎年5月3日に川柳忌と同じ龍宝寺で東京の川柳人協会主催で行われている。住職による読経のほか、呉陵軒にまつわる講演が行なわれることがあり、献句と句会を通じて先達を偲ぶ行事。

川柳の普及に努めました。

川柳の隆盛は、花久《はなきゅう》*三代の助力なくして、今日の川柳の広がりはなかったと考えられます。

二代は「菅裏《かんり》」の号で、三代は、「菅子《かんし》」の号で作品がみられます。

おもしろさあぐらをかいて土手をかけ　菅裏　柳多留44

四日目に明き樽を売る李太白　菅子　柳多留81

川柳三神色紙

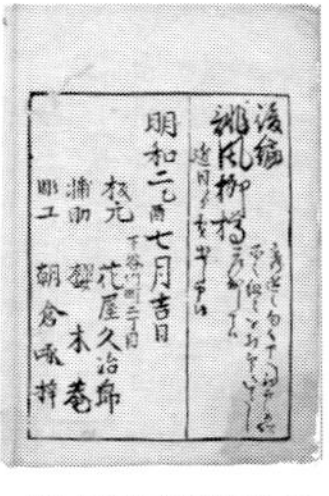

柳多留初篇奥付
板元に花屋の名

そういった訳で、初代川柳、呉陵軒可有、花屋久次郎（三代を合せて）の三つの名を川柳家は、川柳の恩人として「川柳三神**」と呼び折に触れて感謝の気持ちと親しみの情を結んで参りました。

＊花久…花屋久次郎を略して「花久」という。川柳家は、親しみを込めて「はなきゅう」と呼んできた。

＊＊「和歌三神」として掛軸などにされる柿本人麻呂、山部赤人、衣通姫《そとおりひめ》になぞらい、川柳の恩人を並べたもの。もちろん、神として崇め奉るような信仰の対象ではなく、川柳に携わる上で大切な先達の名を忘れないようにしようとするもの。

第2章　川柳の記念日と柳多留250年

8月25日（川柳発祥の日）

今日では、8月25日が「川柳の日」ということは、「広辞苑一日一語*」にも触れられたことから、かなり広く認知されたことと思います。これは、川柳評万句合の第一回開キにおいて、最初の作品が発表されたことによります。その内の一句は、ご存知の、

ふる雪の白キをみせぬ日本橋　　川柳評万句合　宝暦7年8月25日

でした。「にぎやかな事〳〵」という前句（題）に付けられたもので、川柳を知る上での大切な一句です。

2007年は、宝暦7年から250年目の節目にあたり、東京を中心に多くの川柳家がこぞってその節目を祝う行事を行いました。

＊岩波書店辞典編集部編の新書判書籍。「1月1日 元旦」から「12月31 除夜の鐘」までの366項目を解説したもので、「8月25日」は「川柳」。

川柳250年事業を通じた川柳発信が、天下の広辞苑に伝わったことが嬉しい。

「川柳発祥の地」記念碑の除幕

川柳 250 年式典

8月25日には、川柳発祥の地である台東区蔵前の天台宗龍宝寺門前の「三筋二丁目」交差点角に記念碑が建てられました。これは、川柳家の誇りとしてばかりでなく、多くの地域住民の方々の誇りともなり、以後、同地での川柳熱が高まっています。また、同じ日には、台東区立生涯学習センターミレニアムホールにおいて「川柳250年式典*」が行なわれ、川柳の歴史的節目を内外に発信しました。

8月25日は、川柳にとって特別の日であり、2007年以降は、この日を「川柳発祥の日」と呼んで、有志川柳家と地元の人々により記念の行事が続いています。

*前田雀郎の長男・前田安彦氏を実行委員長に川柳250年実行委員会を結成。全国の有志川柳家が集い、大小百以上の行事を通じて川柳の発祥の節目の祝意を発信した。式典の他東京、札幌、新潟では「目で識る川柳250年展」が行なわれ、川柳文化の広さ、深さも伝えられた。

前田安彦氏

㊧川柳忌の祭壇と ㊨久良伎調製の川柳位牌

9月23日（川柳忌）

初代川柳が亡くなったのは、寛政2年9月23日でした。江戸期から、この日付を元に〈川柳忌〉が行なわれてきました。明治にはいり太陽暦が用いられるようになると、換算された10月20日をもって柳風会*での行事が行なわれるようになり、〈柳翁忌《りゅうおうき》〉とか〈祖翁忌《そおうき》〉と呼ばれました。

新川柳勃興後の明治39年には、久良岐社により最初の〈川柳忌〉が行なわれ、今日に引き継がれています。柳風会が健在であった戦前までは、9月23日と10月20日の年二回、菩提寺の龍宝寺で初代川柳を偲ぶ行事があったことになります。

***柳風会**は、江戸から続いた川柳風の一派。明治に入り六世川柳によって組織化された。代々「川柳」の号を継承し、「宗家」を名乗る頂点をもったピラミッド型で、幕末の動乱期に五世川柳によって定められた「柳風式法」により句作り、句撰びが行われた。新川柳勃興前後、内部改革運動もあったが、言語遊技中心の非文芸性により表舞台から消えた。

柳宗忌《りゅうそうき》

古く柳風会では、明治28年から秋の柳翁忌（川柳忌）に対して春季の例祭として狂句中興の祖・四世川柳の忌日（天保15年2月5日没）を太陽暦として3月12日を〈柳宗忌《りゅうそうき》〉と定め行事*を行いました。

四世川柳像
〔柳多留 122 篇〕

四世川柳は、本業を南町奉行配下の同心として活躍し、仕事柄から上は六万石の大名・松浦《まつら》静山《せいざん》などの武士、僧侶、文人（柳亭種彦、為永春水など）絵師（葛飾北斎、歌川国貞など）、役者（市村羽左衛門、七代目団十郎など）、噺家（船遊亭扇橋、都々一坊扇歌など）、さらには横綱・阿武松《おうのまつ》など江戸の著名人を仲間にして川柳を盛んにした人です。四世川柳を嗣号してから、それまで定まった名称のなかった川柳風の十七音文芸に「俳風狂句《はいふうきょうく》**」

*第1回は、明治28年3月24日、浅草公園五色亭に於て行われた。
床の正面に二世川柳から八世川柳までの肖像と辞世が書かれた一幅の軸（九世川柳筆）を掛け、酒餅香花を捧げ、句会が行われた。

** 四世川柳は、後に自ら「東都俳風狂句元祖」と称している。向島の木母寺には、四世が建立した「東都俳風狂句元祖 川柳翁之碑」がある。

と名づけました。もちろん、名付けただけで特に何かそれまでのものを変えようとした訳ではありませんが、明治に伝わってきた「狂句（五世川柳により柳風狂句と改名）」が、縁語や洒落などコトバ遊びだけの言語遊戯に陥り、内容を伴わない非文芸として映ったため、「狂句」と命名した四世川柳その人こそが、川柳堕落*の権化のように汚名を着せられてしまったこともありました。

しかし、明治の柳風会では、初代川柳没後に川柳風の勢力を復興し、名称まで与えた四世川柳を讃える会がありました。

川柳の日

新川柳が勃興し、柳風狂句に代わって表舞台の中心になると、明治新川柳の記念日が生れます。

第一に、3月1日が上げられるでしょう。新川柳の濫觴は、新聞《日本》の片隅に設けられた「芽出し柳*」という狂句（川柳）

*芽出し柳

さいしょの新川柳の契機は、小さな新聞の記事で「川柳」とも「狂句」ともいわないものから始まり、やがて、数年後には、全国の新聞に川柳欄が設けられ、選者と投稿者を中心に原初的な吟社が誕生した。

欄でした。明治35年（1902）のことです。寸鉄として人心に入りやすい十七音形式を新聞の紙面で生かそうと考えた古島一雄（後に吉田茂のご意見番となる）という新聞社主筆の思惑からでした。残念ながら明治のこの時点では、古島の狙った強烈な諷刺を伴う〈時事川柳〉は定着しませんでした。それから百年後の平成14年3月1日には、日本川柳ペンクラブによって、100年の節目を祝う記念行事が行なわれました。

代わりに、読者の投稿欄として川柳が活況を呈します。それは、明治36年7月3日から井上剣花坊が担当した「新題柳樽*」という名の欄でした。一年後には、500を越す投句者が現れ、その盛況をみた他の新聞社も紙上に川柳欄を設け、川柳は新聞の投稿者とその選者で形成されたグループが、新しい波となり、日本全国に広がりました。

後に剣花坊は、この7月3日を〈川柳の日〉として祝い、柳樽寺《りゅうそんじ》

＊新題柳樽

●新題柳樽

古島一雄により新題（流行語）で句を作り発表するよう指示された剣花坊が、ほぼ毎日この欄を続けると、やがて投稿者が現れ、川柳の投稿欄として賑わいを見せるようになる。剣花坊は、一躍川柳の選者として大御所視された。

川柳会系では、この日を大切な記念日としていました。川柳公論では、6月1日を「川柳デー」と称したこともあります。

また、それぞれの川柳会では、創始者や先達の忌日を特別の日として句会を催すことも行なわれています。

主な先輩柳人の忌日

川柳中興の祖の二人、久良伎忌は、4月3日、剣花坊*忌は9月11日です。その後、川柳を社会に広めた指導者である「六大家」もそれぞれの系統吟社で忌日が行なわれます。前田雀郎は、1月27日、村田周魚と椙元紋太は4月11日、麻生路郎は7月7日、岸本水府は、8月6日、川上三太郎は12月26日（川柳研究では、12月句会を「三太郎忌」とする）となっています。

この他、8月27日に亡くなった十四世川柳の跡を受けた東京川柳会では、8月の句会を「みだ六忌」として今も続けています。

＊井上剣花坊

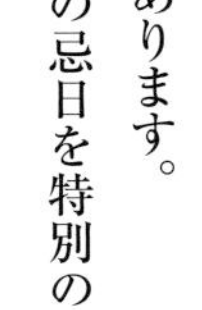

明治3年、山口県生まれ。古島一雄の指導から新川柳中興の祖の一人にまでなる。明治37年、柳樽寺川柳会を創設、機関誌「川柳」を創刊して指導的立場となる。多くの有力川柳家を養成するとともに、新興川柳運動では理論的指導者として川柳の視野を広げた。

「柳多留２５０年」

川柳の文芸として独立した出発点は、呉陵軒可有編による『誹風柳多留』であったことは、前に記した通りです。

『誹風柳多留』初篇が刊行されたのは、明和２年（１７６５）７月でした。すなわち２０１５年７月が、川柳が十七音独立文芸として整って以来、２５０年の節目でした。

「川柳２５０年」では、川柳という名称がこの世に登場して２５０年の節目を祝い、主要には柳祖である初代川柳翁の顕彰です。

柳多留２５０年は、「文芸」としての成立から２５０年の節目を祝う行事であり、川柳の流祖である呉陵軒可有翁の顕彰でした。

このような機会を捉えて、私ども有志川柳家は、記念碑を建立し式典を開き、さらには、川柳の歴史的文物を紹介する川柳展などを行い、社会に川柳文化の発信を行いました。

＊川柳200年
昭和33年6月、十四世川柳により東京川柳会主催で、「川柳発祥200年記念川柳展」が池袋三越で開催された。
また、昭和41年9月には、川上三太郎著で読売新聞社から『川柳２００年』が刊行された。
前者は、初代川柳立机の年を基準とし、後者は、『誹風柳多留』による文芸確立200年を基準としたもの。

年	期	事項
1757	中間期・古典期	川柳の名称発祥
1765	中間期・古典期	**誹風柳多留初篇刊行** 十七音独立文芸の成立
1804	狂句期	プレ狂句期
	狂句期	狂句期（俳風狂句）（柳風狂句）
	狂句期	明治狂句期
1902	新川柳期	芽出し柳 新傾向川柳 新興川柳
	新川柳期	現代川柳
2002	新川柳期	近代川柳100年
2007	新川柳期	**川柳250年**
2015	新川柳期	**柳多留250年**

単に句会で句の上手下手を競うことばかりでなく、また、句会に人を多く集めることが川柳が盛ん*であると錯覚するのではなく、いかに川柳が庶民の生活の中で生き、また川柳作品が時代時代の庶民の心や風俗、思想、価値観などを映してきたかということを検証することが、次の時代の川柳を考える上で重要になります。

上の略年表は、川柳史の概観を示したものですが、西暦２０００年代初頭に、大きな節目が

＊狂句時代には大会（だいかい）とか大寄（おおよせ）と呼ばれる何万句も集める句会が催された。楽評などといって、正式な選者資格のない者まで立てて選者数を増やして開催されたが、句数が多いことと反比例し、句のレベルはどんどん下がってしまった。そういった意味で、参加者数の数や集句の数が多いことだけが「盛ん」とは言い切れない。

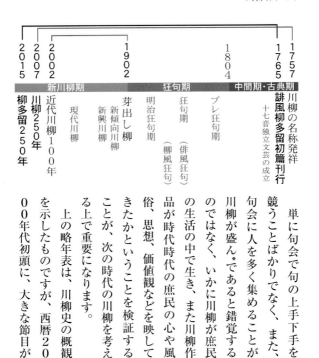

いくつも重なることがお判りになるでしょう。

　下の図は、前句附において前句を問いとして作られた答としての附句が、問であった前句から独立する経緯を示したもので、呉陵軒のいう「一章に問答」の構造（一句の中に問と答をもつ構造）による独立の概念を示したものです。「母親は」の問（上五）に「騙しよい」（下五）という意表を突いた答が一句を構成するアイロニーとなっている例です。

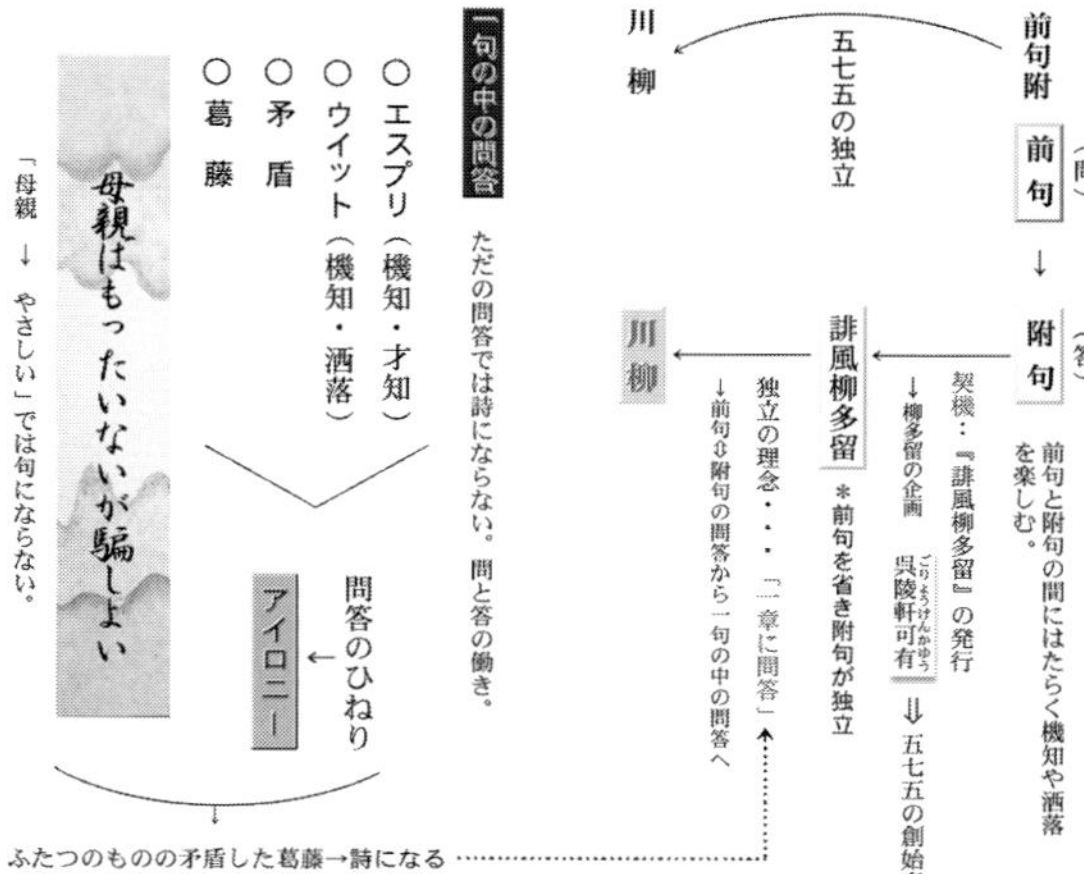

第3章　川柳の名によせて

川柳横丁

2009年6月、台東区道路交通課の施策「わかりやすい街づくり・区民や来外者の利便性向上」の一環として区道12路線に「道路愛称名*」がつけられることが発表になり、そのひとつとして蔵前4丁目24番地から同36番地の通りに《川柳横丁》と名前が付けられました。初代川柳の菩提寺である天台宗龍宝寺*のある通りで、選定理由は「柄井川柳にちなんで」。申請したのは、川柳250年事業のひとつ「川柳発祥の地」記念碑建立などでお世話になった蔵前三桂町会長・鵜原定良氏でした。

川柳250年事業は、川柳を文化的に社会へ発信することが目的

*公式に道路標識に「川柳横丁」が表示され、また地図にも記載される名称。

　川柳家が望んでもなかなか実現しなかった名称化が、地域の方々の地域を誇りに思う気持ちから実現された。

《川柳横丁》

「川柳発祥の地」記念碑

榮久堂さんと
川柳に因む銘菓

でしたが、そのことによって「川柳発祥の地」意識を強くした台東区や地元では、川柳に対する興味と誇りが広がりました。

すぐ近くには、川柳にちなむ銘菓〈柳多留もなか〉と〈川やなぎ〉を扱う菓匠・榮久堂*があります。

この〈川柳横丁〉の公式命名により、地図や印刷物に〈川柳〉の名が広がり、文化として川柳が伝播する契機となりました。

＊創業明治20年の老舗和菓子商。龍宝寺門前で長く商いを行い、川柳に因む〈柳多留もなか〉には、前田雀郎が解説した川柳についての文章が包み紙に印刷されている。また、川柳250年の節目に開発された〈川やなぎ〉には、尾藤三柳による川柳への思いが添えられている。この他、〈白鷺の舞〉〈金龍の舞〉〈ソフトバター〉など名物菓子も多い。

川柳号を嗣いだ人々

川柳の伝統的一面として、初代川柳以来、十六代にわたって「川柳」号が継承されてきました。初代川柳は、後に初代の長男が二代目を嗣いだ時に初めて「初代」ということになったもので、初代川柳を慕い、その文芸を〈川柳風〉と呼んで号が継承されるとは思いもよらなかったでしょう。三世は、その弟の柄井の血筋で継承され、四世からは、その当時の有力者が嗣号しました。五世は佃島の魚問屋、六世は、その長男。七世と九世は、五世の縁者。明治になって八世は、初めて文明開化による「選挙」で選ばれたりもしました。十から十三世は、新川柳の勃興により表舞台から降りていましたが、十四世の時代に宗家という位置付けより一作家として名を成し、その弟子の脇屋氏*が十五代目、その弟子の私が十六代目を継承し今日に至っています。

---

*脇屋川柳
大正15年、東京生まれ。本名・保（たもつ）。昭和27年より鮮紅亭苦川の号で入門。十四世川柳の門を叩き未完子の号で活躍。昭和52年、十四世の跡を継ぎ東京川柳会代表となり、十五代を嗣号。平成17年には川柳学会会長となる。著書に『甲子夜話の中の川柳』、『松浦静山と川柳』、『お江戸内輪話』などがある。平成29年に逝去。

歴代川柳の肖像

初代・柄井川柳

二世・柄井川柳

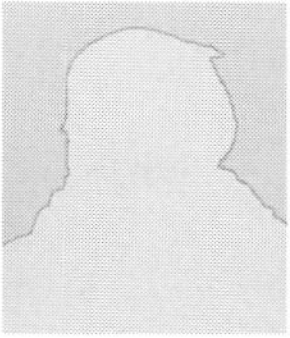
三世・柄井川柳

四世・人見川柳

五世・水谷川柳

六世・水谷川柳

七世・廣島川柳

八世・児玉川柳

九世・前島川柳

十世・平井川柳

十一世・小林川柳

十二世・小森川柳

十三世・伊藤川柳

十四世・根岸川柳

十五世・脇屋川柳

十六代目・尾藤川柳

《川柳《かわやなぎ》》というお茶について*

今日、川柳といえば大方の人々が十七音の文芸名であると認識するでしょう。しかし、まだ川柳の社会的認識が低かった時代には、「それはお茶の銘柄かい」などと勘違いされたことがあったと、多くの先達が書き残したり回顧したりしています。

「柳《やなぎ》」とか「川柳《かわやなぎ》」と呼ばれるお茶は、煎茶の製造過程で、葉が二から四折になり、柳の葉のように細長く仕上がったものだけを集めたもの、または、新芽を摘んだ後の摘み残しの少し大きくなった茶葉を刈り取ってつくったお茶を指します。いずれも形が柳の葉に似ているところから名づけられ、大きな葉であるため煎茶より軽くさっぱりした味が出るといいます。これら大ぶりな茶は、煎茶とは区別され「荒茶」ともいい、「番茶」の類とされます。

文芸と同じ表記を持つお茶。なんとなく親しみが湧いてきます。

---

*川柳（茶）

メディアに川柳が多く取上げられる今日では、音声として「せんりゅう」という語が入ってくる。

かつては、お茶の銘柄としての「川柳」の表記の方が一般的で、川柳家として苦々しく感じた先輩も少なくなかったようだ。

川柳十則

寿はどうくずしてもめでたい字　雀郎

川柳十則

明治新川柳の立役者のひとりで、江戸川柳の資料収集と研究により大きな成果を上げた岡田三面子《さんめんし》*が明治39年《東京日日新聞》紙上で示した川柳実作の方向性があります。いわゆる狂句から脱するための指針を示したものですが、示唆に富んでいます。

① 写実を旨とすべきこと
② バレ句**をせざること
③ 新しき事物に目をつくべきこと
④ 天地間の森羅万象何でも題になること
⑤ 句の上に題の意味聞ゆべきこと
⑥ 古人の名句を玩味すべきこと

---

*岡田三面子

本名・朝太郎、明治元年生まれ。刑法学者、法学博士。《東京日日新聞》狂句欄選者でもある。新川柳最初の個人句集である『狂句集』を刊行したのもこの人が始まり。

** 卑猥な句

⑦ 俳句俳諧を参考にすべきこと
⑧ 披露は後日に*回すべきこと
⑨ 運座**はあて気***を慎むべきこと
⑩ 川柳を尊敬すべきこと

というものです。

①の写実を旨とすべきことは、〈目〉の大切さ、頭の中で既成概念だけをひねり回す理屈化を戒めたもので、歴史的に川柳が陥りやすい本質を衝いています。そして何よりも最後の「⑩川柳を尊敬すべきこと」は当時の風潮へのきびしい批判で、川柳作家自身が自己の文芸を尊敬しないところからは、何も産まれ得ないことを指摘したものと思います。

これを下敷きに、新しく「さくらぎ」という柳誌を興すにあたって、今日風に書き直してみたのが「玄武洞川柳道場十則」であります。

* ものした作品をやたらに見せびらかさないこと、自慢しないことを戒めたもの。自句自解は、あまり品のよいものではない。

** もとは俳諧の語で、複数の人が集まり、句を作る会のことだが、ここでは、川柳句会そのもののこと。

*** 「あて気」は、選者好みの用語や内容で句を作り投句すること。「当て込み」ともいう。

〈玄武洞川柳道場十則〉

川柳を尊敬すること*。

柳祖としての初代川柳個人は元より、文芸としての川柳に誇りをもち、その名を貶めないようにしたいものです。

川柳を楽しむこと。

川柳する事が辛くなるような関わり方は、どこか不自然です。川柳は、あくまで楽しくできることを第一に。生活と川柳のバランスが大切。

川柳を広めること。

川柳には多くの効用があり、せっかくその恩恵を受けられる立場になった柳人は、川柳とその効用の社会普及に努力したいものです。

川柳で争わぬこと。

同じ川柳をしていて、他者(他流派など)を悪く言うものがあります。伝統派にせよ革新派にせよ、また、師系の違いなど超えて、互いに認め合い、川柳の幅を広げたいものです。「宗論はいずれが負けても釈迦の恥」であり、「柳論はいずれが負けても柳祖の恥」です。

---

* 三面子先生の第10番目の項を第一とした。川柳250年の蓄積と文化は、後学の我々だけのものといえない大きさ、深さがある。そういった先人の成果や努力を、後の者が吟味もせず無視することは、自らの伝統と文化を粗略にすることである。まずは、川柳という文芸に関わる以上、その名と積み上げた時間に尊敬の念を抱くべきだろう。

川柳の表現は、定型を基本として自在*。

歴史的な出自*から川柳は定型を持ちます。定型を最初から無視したり軽視したりするのはよくありませんが、十分に定型や表現について目覚めた後には「呼吸＝作者のリズム」が川柳の表現となるでしょう。

川柳は、作者の〈目〉で作る。

頭の中だけでコトバを捻くり回しても川柳らしきものはできますが、作者の表現手段としての川柳には、作者の目で見、心で感じたことが言語化されて川柳作品になるべきです。

川柳はいかなる権威からも自由である。

肩書きや柳歴、社会的地位や国家、憲法まで、川柳を作る際には無関係です。作品は、権威などを離れて、作者自身から生れ、読者によって完成します。もちろん、たとえ選者という避けられぬ眼前の〈権威〉があったとしても、それに媚びるような作句姿勢は邪道です。

常に先達の作品、行為を玩味する。

三面子先生の指摘に同じ。付け加えるなら、作品ばかりでなく、先輩柳人が行なってきた行為も吟味し、よいことは継承したいものです。

---

* 川柳が文学である以上、作者の個性を否定するような制約は無意味である。しかし、川柳をする以上は、その歴史的制約を無視しては成り立たない。定型の問題は、作者が真摯に定型というものとぶつかり、対峙し、それを乗り越えた時に、作者のリズムが生れる。通常、それは定型を離れながらも、定型のリズムの延長線上にあることになるだろう。

川柳周辺のあらゆる事に好奇心を持つ。

川柳の表現対象はニンゲンそのもの、社会そのものです。よい川柳を作るには、ニンゲンの行為のすべてに興味を持たねば、真のニンゲンの姿は捉えられません。また、ニンゲンの中には、自分自身という存在もあります。自らへの客観的アプローチは、真の自分との出逢いにもつながるはずです。

川柳は、総合文化*である

川柳は、単に句を作って競う句会的存在だけではありません。この本で述べてきたように、さまざまな面を持った多面体であり、切り口が違うと川柳の見え方も感じ方も変わります。「詩吟書画刻」という周辺文化ももちろんですが、川柳を契機にあらゆる世界へ繋がる道があります。そんな点で川柳は、十七音という誰にでも簡単に入ることができる形式でありながら、深みに行けば深く、広がりを追えば何所までも広く、おおいに楽しめる文芸です。

こんな十則をヒントに、川柳という大海を自由な魚となって楽しんでみてください。きっとあなたの川柳が見つかります。

＊これは、川柳に限ったことではない。ある文芸が、その領域だけで独立してなど存在し得ないが、句会という世界だけで川柳を捉えてしまうと、社会からは離れた遊戯空間としても存在しうる。これは、末期の柳風狂句がそうであったように社会と離れ、やがて滅びた。句会中心の川柳界もそうならないという保証はない。川柳を文化として捉えたいものだ。

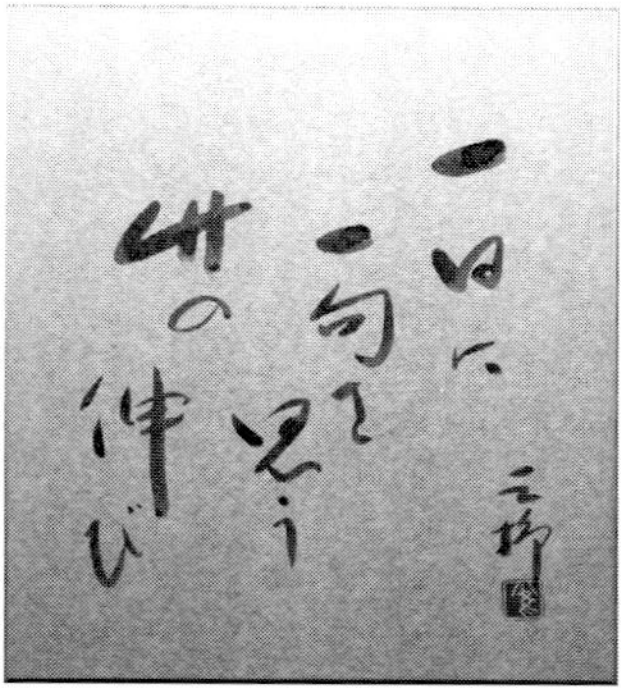

一日に一句を思う竹の伸び　三柳

わたしの座右でもある一句。

簡単なようで、なかなか達成が難しい。句会で投句するためだけの句なら、三分間吟をしても3句～6句は作れよう。

しかし、我が身から絞り出す一句は、決して簡単ではない。

時には、血を吐く思いにもさせられるが、これを乗り越えてこそ、真の表現者になれるのだと思う。

継続こそ力であることを信じて。

あとがき

この小著は、２００９年に初刊されたものです。川柳の講座を立ち上げ、新しい川柳人の養成を行おうとしていた時期、「川柳の入門書はありませんか？」とよく聞かれました。

川柳の入門書・解説書は、思ったより多く刊行されていて今更…と思いましたが、多くは作句中心、鑑賞中心で、川柳に対する接し方、文化としての川柳を語ったものはほとんどありませんでした。

そんな時、新葉館出版の竹田麻衣子さんから、〈さくらぎ叢書〉の刊行を勧められて、一冊に纏めたものです。ただ、文庫本128ページという器ではなかなか纏めきれず、さらに興味を持たれる方は、

尾藤三柳著『実作のための　川柳小百科』（雄山閣・平成元）
尾藤三柳著『川柳入門　歴史と鑑賞』（雄山閣・平成元）
尾藤三柳編『時事川柳読本』（読売日本テレビ文化センター・平成８）

なども見ていただければと思います。

川柳は、わずか十七音の器。日本語を話す方なら、誰でもすぐに作ることができます。鉛筆一本と紙一枚さえあれば始められるとても手軽な文芸といえます。しかし川柳は、作者のニンゲンの深さまで追求できる奥深い世界があります。成長により人間性が深まれば、川柳も深まり、ゴールに就くことの難しい世界です。

また、260年を越える歴史の中で、作品面でも文化面でも厚みのある総合文化としての世界が広がっていて、江戸の風俗研究をするにも、現代社会の気分や志向を知る上でも川柳が素材になり得ます。

行けば行くほど深まり追えば追うほど広がりを見せる。この川柳の魅力をひとりでも多くの方々に感じて頂きたいと願っています。

二〇一八年三月

十六代目　櫻木庵　尾藤　川柳

川柳公論叢書 第4輯 ③

川柳の楽しみ 改訂版

○

2018年4月7日　改訂版

著 者

尾 藤 川 柳

東京都北区栄町38-2 〒114-0005
TEL/ FAX:03-3913-0075
URL:http://www.doctor-senryu.com/

発行人

松 岡 恭 子

発行所

新 葉 館 出 版

大阪市東成区玉津1丁目9-16 4F 〒537-0023
TEL06-4259-3777 FAX06-4259-3888
http://shinyokan.jp/

○

定価はカバーに表示してあります。

ISBN978-4-86044-144-9